弥生、三月

脚本　遊川和彦
著者　南々井梢

徳間書店

目　次

プロローグ　Sakura

四月生まれだから、桜。

自分の名前は気に入っているけれど、いくらなんでも安直過ぎる由来だと思う。うちの親って本当につくづく単純なのだ。

「ねえ、本当にそれだけ？　何かないの？　花言葉とか……好きな歌から取ったとか！」

思いをぶつけるわたしに、お母さんは余裕の笑顔を見せた。

「あなたもこの寒い町で育ったのだから、どれだけ春が恋しくて待ち遠しいかわかるでしょう？」

お母さんはそう言って優しくわたしの手を包み込む。そして点滴でぼこぼこになってしまった手の甲をそっとなでてくれた。温かい。やわらかい。待ち焦がれた春みたいだ。お母さんの手は。

東北の冬は厳しく長い。

雪に閉ざされ、灰色の重たい雲に身を切り裂くような風。耐えて耐えて、耐え抜いてやがて訪れる芽生えの季節。冬が長い分、春は一気に訪れ、瞬く間に町を彩っていく。広がる青空と鳥のさえずり。若葉が芽生え色とりどりの花々が咲き乱れる。寒いのが苦手だけど、わたしはこの町の冬が好き。

我慢している日々が長くつらいほど、乗り越えた喜びは大きいものでしょう?

皮膚がますます硬くなり、血管はどんどん細くなって、もう、手の甲にも点滴がさせなくなってしまった。

「もう点滴はやめましょう」

わたしはたった十六歳だから、主治医の先生が言ったことの意味をわかってはいけない。だから、無邪気にこう言った。

「嬉《うれ》しい」

冬はいつか終わりを告げ、春は必ず訪れる。何千年も、何万年も前からずっとずっと続いている。必ず春が来る。

わたしはいつでも春を待っている。

でもね、最近こうも考える。
あと何回、桜の花を見られるかな。
叶《かな》うなら、どうかこの二人と一緒に。

1986年3月1日　Sakura

バチン。

突然鳴り響いた乾いた音で、バスの乗客が一斉に後ろを振り返った。

それはそれは、恐ろしいことが起きていた。わたしの愛しい友達が、わたしの心の恋人の頬《ほお》を、平手でぶったのだ。

想像もしていなかった衝撃の光景を目の当たりにし、わたしは絶句した。

ああ。やっちゃった。弥生のバカ。ばかばかばかばか。

「痛《い》って！　何すんだよ」

事件現場は最後部座席。被害者山田太郎くんの一声で、車内のストップモーションは解除される。ちなみに、仮名のような本名。

太郎くんは、しばらくポカンとしたあとようやく状況を理解し、目の前に立ちはだかる弥生に向かって喚き始めた。もちろん、ここで怯《ひる》むような我が親友、結城弥生ではない。乗り遅れたバスを大声で「待て――――！」と叫びながら追いかけ、強引に止めるくらいの度胸の持ち主なのだ。とはいえ通学バスの中でつかみ合いの喧嘩《けんか》をさせるわけにいかないので、わたしはもたもたと席を立ち「すみません」と人をかき分けながら後ろへ向かう。今にも太郎くんに飛びかかりそうなほど殺気立った弥生の腕を、後ろから摑《つか》んだ。そして無言で弥生をずるずると引きずって再び前へ移動する。

「弥生。病人の手を煩わせない」

「ねえ、桜。あんた男見る目ない！」

「ちょっと、やめて……」

秘めたる乙女の想いというものを、弥生はまだいまいち理解してくれていない様子だ。バスの揺れによろけながらも、わたしは慌てて弥生をせっせと前へ前へと促した。

「山田太郎だっけ？　やっぱりあいつ最低！」

「弥生、わかった。わかったから」

　空いている席に並んで座り、わたしは弥生の手を握ってたしなめる。弥生は目に涙をためて、怒りに唇を震わせていた。

「だって、あいつ、サッカー部やめるって。それに、桜のこと、死ねばいいのにって」

　興奮した弥生は、支離滅裂なことを言っている。強過ぎる正義感と友達を思う気持ちはいつでも弥生を暴走させるのだ。

「でも、弥生。これで山田くんがサッカー部やめるの思いとどまってくれたら、嬉しいよ」

　わたしはそう言いながら、ちらりと後部座席へ眼をやった。太郎くんはふてくされたような顔で頬をさすっている。

「あいつ生意気だから先輩にいじめられてて、それがつらくてやめるらしいよ。でも、このチームじゃ俺の溢《あふ》れ出る実力を発揮できないとか変な言い訳しちゃって、ダサ過ぎなんだよ。わたし、あいつの先輩の気持ちがわかる。本当にイライラするんだけど」

「殴らないだけ、弥生より先輩の方が優しいね。だいたい弥生と山田くん、喋《しゃべ》るのもはじめてでしょ？　本当に弥生の勇気には恐れいるよ」

向こうだって、弥生のことは知らないはずなのだ。ただ、弥生が乗り込んできたバスにたまたま太郎くんが乗っていたので思い立っただけ。いきなり罵倒《ばとう》され、殴られた太郎くんの気持ちは、察するにあまりある。ああ、かわいそうに。わたしにも弥生くらい勇気があれば太郎くんのこと慰めてあげるのに。

ようやく冷静さを取り戻しつつあるのか、弥生は饒舌《じょうぜつ》に喋り出した。

「わたし、言ったの。病気の友達が、あんたのプレイを楽しみにしてるからやめるなって。そしたら、あいつ、その人が元気出そうが死のうが関係ないって」

弥生の声は再び不安定に震えだす。なんて感情が忙しい子なんだろう。わたしは慌ててポケットからハンカチを取り出して弥生に渡した。

「でも、死ねばいいなんて言ってないし、関係ないって言われるのはしょうがないよ。だって、山田くん、わたしのこと知らないし」

「じゃあ、早く友達になってよ。桜のこと知ったら、絶対に早く病気治ってほしいって思うはず」

弥生は、わたしの病気を「早く治ってほしい」と言った。でもそれが難しいということを、伝えている。そのつもりではいる。でも、弥生はいつも言う。

「弱音はダメ！　病気に負けちゃうよ。絶対に治るから大丈夫」

わたしは弥生を傷つけたくないので「そうだね」と答える。


この町の三月はまだまだ寒いけど、季節はいつも前に進み、後戻りしないところが好き。毎日一進一退のわたしの病気とは大違いだ。

それに乗り越えるべき試練や、戦うべき相手が、ウィルスだけではないのがこの病気のつらいところ。今日も登校すると、わたしの病気について黒板にひどいことがたくさん書かれていた。


WSさんは、エイズに感染しています。

かわいい顔してSEXしまくり？

触るな！　近づくな！　喋るな！

一瞬ぎくりとして、胸の奥が握りつぶされるような感覚になる。でも、こんなこと日常茶飯事だから、いちいち傷ついたり怒ったりしていられない。

実際、泣きながらやめてと訴えても、怒って教室から飛び出しても、笑って道化を演じても、殺人ウィルスでごめんなさいと謝っても、何も変わらなかった。

むしろ傷ついて苦しむわたしの姿は、クラスメイトを喜ばせるだけだ。

だから、決めた。無視するだけ。泣きも怒りも、反論もしない。最初はいちいち落書きを消していたけれど、その惨めな後ろ姿をみんなに晒《さら》すことが苦しくて、それもやめてしまった。

「あんたたち、何度言えばわかるの!? 桜は被害者なのよ！」

しかし弥生は懲りもせず、怒りをぶちまけた。

「これ書いたの誰よ!? 名乗り出なさい。わたしが薬害エイズについて教えてあげる。こう見えても、弥生と出会ってから猛勉強したんだから、あんたたちの質問にくらい答えてあげるわよ！」

弥生が怒りの演説をしても教室内は、緊張感すら走らない。

冷ややかな目と嘲笑《ちょうしょう》。露骨に嫌そうにする人はまだましで、弥生の言葉がまったく聞こえていないかのように談笑している女子のグループには恐ろしさすら感じた。

「弥生、わかったから」

ぽつりとつぶやいた。さっきもバスの中で同じことを言ってたしなめた。さっきは戸惑っていたなりに、わたし、すごく幸せだったんだ。同じような構図でも、こんなに悲しい状況が背中合わせだったなんて。

「桜も黙ってないでなんとか言いなよ。被害者なんだから」

「もういいの。言ったたって伝わらないよ」

わたしがそう言うと、弥生は悔しそうに一瞬黙り込む。すると急に眉《まゆ》を吊り上げて威勢よく啖呵《たんか》を切った。

「そうだね。たしかに、こんなバカたちにわかりっこないか」

弥生の言う通り。みんなバカだ。間違った知識をひけらかして、人を傷つけて楽しむ大バカばっかりだ。

「うん。バカばっかりだよ」

わたしは精一杯の勇気を絞り出して、弥生に同意した。言葉が足りないことはわかっているけど、バカには単純な言葉じゃないと伝わらないもの。

わたしの挑発は成功して、一部の女子が声を上げた。

「は？　すぐ男とやっちゃうヤツに、バカって言われたくないんだけど」

当然、弥生が反撃する。

「だから、薬害エイズだって言ってるでしょ!?　桜に謝れ！」

「うわ。レズ？　そんなにかばっちゃって、桜と弥生ってもしかしてレズなの？　レズ同士でエイズって広がるんだっけ」

レズというキーワードをきっかけに、ざわざわと嘲笑が広がっていく。

雪に閉ざされた冬の町で、暇を持て余した高校生たちは、爆発しそうな衝動のはけ口を、いつも求めていた。

レーズ、レーズ、という合唱と手拍子が教室内にじわじわと広がる。

エイズ、エイズの次はレズか……わたしは半ば呆《あき》れていた。あと五分でチャイムが鳴る。それまでやり過ごせばいいだけだ。

そのときだった。弥生はわたしの元までやってくると、急にわたしの顔を両手で包み込んだ。

「え？」

問いかける間も無く、ふわっと弥生の顔が近づき、気づいたときには唇と唇が触れていた。一瞬、何が起きているのかわからなかった。

温かくやわらかい初めての感触。

顔をパッと離すやいなや、弥生はわたしに向かってものすごく真面目な顔で「ファーストキス奪ってごめん」と言う。すぐに状況を理解して「お互い様だよ」と、わたしは言った。

この衝撃の展開に教室内は静まり返っている。冷やかす人すらいなかった。そして弥生は再び啖呵を切った。

「レズだっていうならレズでも結構！　この通り、キスではうつりません。握手でもうつらないし、だいたい近づいただけで感染って何？　バッカじゃないの？　高校生にもなってほんとバカばっかり。自分たちからこんなバカ晒《さら》して恥ずかしくないの？」

わたしはそっと自分の唇に触れる。

あーあ。ファーストキスを弥生に奪われちゃった。

でも、経験できただけ良かったのかな。一度もキスすらできない人生をほんのりと覚悟していた気がするから。

いつの間にかチャイムが鳴って、担任教師が教室に入ってくる。立ち上がって激怒している弥生と、黒板に書かれた落書きを見て面食らった先生は、もごもごと「ダメだぞー」などと当たり障りないことを言いながら落書きを必死に消し、すぐさま授業を始めようとした。しかし、弥生はそれを許すはずもない。

「先生、それだけですか？」

うん。この先生の態度、弥生、怒ると思ったよ。あーあ。第二ラウンドの始まりだ。

「どうして、こんなにひどいことをした人間を注意しないんですか？　エイズに関する知識も正さないんですか？　桜の病気のこと聞いてるんでしょ？」

弥生は毅然《きぜん》とした態度で、先生の方がタジタジで、見ていて呆れてしまう。

「それはほら、今度の保護者会でちゃんと説明してから……」

ここまで来ると、わたしはなぜか楽しくなってきて、笑ってしまった。笑っているうちに涙が出て、誰にもバレないように笑いながら泣いた。

教室から顔を背けるように窓の外に目をやると、雪が静かにちらついていた。

まだ春の気配は感じないけれど、きっと校庭の桜は柔らかく芽吹く準備をしているころだろう。

だから、わたしは雪を桜に見立てる。そうやって大好きな春を想い、溢れる涙をこらえようとする。

わたしの誕生日は四月二日だ。

学年で一番誕生日が早くて、誰よりも先に少し大人になる。小さな頃はなんとなくそれが嬉しかったけれど、今は違う。

わたしは、そんなに急ぎたくなかったのにな。

１９８７年３月２日　Yayoi

男の子にまざって、校庭を走り回っていた子供の頃が懐かしい。わたしは、サッカーも野球もバスケもそこらへんの男子よりずっと上手だったけど、ああ、わたしはいつまでも男の子たちと一緒になって遊ぶわけじゃないんだと、ふと気づいた瞬間があった。

今、山田太郎が夢中でフィールドを駆け巡っている姿を見ている。目の前なのに、すごく遠く感じた。もうすぐ、高校三年。

エースストライカーの太郎は、二年生になってそのワントップのポジションを不動のものにした。

市営スタジアムで行われている練習試合は、春からの新チームのメンバーのお披露目も兼ねている。来月から最上級生になる太郎の右腕には、ゲームキャプテンの腕章が輝いていた。

「弥生はわたしの命の恩人」

スタンドの隣の席で太郎に声援を送っている桜が、急にぽつりとつぶやいた。桜の口から命という言葉が出ると、ぎくりとしてしまう自分がいる。

「いきなりなによ！」

「ちょうど一年前だよね。弥生が山田くんのことをバスでぶったの。そのこと思い出してたの。もし、あのときの出来事がなければ、山田くんはサッカーやめていたかもしれないし、わたしと山田くんが出会うこともなかった」

グラウンドを見つめる桜の横顔を見ながら、わたしもつぶやいた。

「なんだか遠い昔のことみたい」

「そう？　わたしは昨日のことみたい」

桜はそう言って、眼を細める。いつも一緒にいても、違う速さで時間が流れる。そんな桜との距離がわたしはすごく好きだった。

「でも、どうしてそれが命の恩人になるのよ」

桜は返事をせず、わたしの目を覗《のぞ》き込むとにっこりと笑顔を見せた。そしてそのままそっとわたしの肩に頭を乗せる。

身を預けてくる桜の体があまりにも軽くて、ぶつかる肩や肘《ひじ》が折れそうなほどか細くて、胸が張り裂けそうになる。

「山田くんの恋、いつか叶うといいな」

桜の消え入りそうな独り言を、わたしは聞き逃さなかった。

「うまくいけばいいね。桜も」

桜の言っている意味がよくわからなかったので、わたしは意味もなく同意することにした。

「わたし、山田くんが誰が好きなのか知ってるよ。だって、運命の出会いの、目撃者だよ。懐かしいな……あの日」

最近、桜はそんなことをよく口にした。体調が悪くて、少し気が滅入っているのかもしれない。少し困惑したけれど、こんなに小さくか細い桜に、何かを言い返すことはできなかった。

最近の桜は本当に妖精《ようせい》のようにかわいらしく、軽やかだ。飛んでいってしまわないかときおり心配になってしまう。だから、わたしは桜と手を繋《つな》いだ。

そのときだった。軽快に相手ディフェンダーをかわした太郎が、ゴール前に迫る。

それを見た桜が、驚くほど強い力でわたしの手を握った。

次の瞬間、ぶわっと観客席が沸き立った。左足を振り抜いた太郎のシュートはゴールネットに突き刺さり、延長戦に幕を下ろす決勝ゴールを決めた。

目立ちたがり屋の太郎は、ゴールパフォーマンスに最大限の情熱を注いでいる。フィールドを両手を広げて走り回ると、仲間に飛びつく。そして、味方観客席に視線を送ると、わたしと桜に向かって拳を突き上げ、勝ち誇ったような笑顔を見せた。

そしてその突き上げた右手の小指をそっと立てた。

わたしたちだけに向かって、秘密の指切りのサイン。

その瞬間、ぎゅっと胸の奥が熱くなる。歓声が消えて、ふわっと体が浮くような不思議な感覚。

……なに？

自分でも驚いて、慌てて首を横に振る。そして桜にハイタッチを求めた。なぜか取り繕うような感覚で、何かをかき消そうとした。

「桜、やったね！　山田、約束守ってくれたよ。見たでしょ？　指切りのサイン」

ようやく声が出て、桜の肩を抱いた。桜は太郎と同じように指切りの形で小指を立てて、その指を愛おしそうに見つめていた。

太郎は試合前、絶対に得点を決めて、わたしたちに向かって特別なアピールをすると宣言してくれていたのだ。

わたしが朝、病院へ迎えに行くと、桜は髪を整えて薄化粧をしていた。頬をほんのりとチークで赤く染めた桜に、思わず見惚れてしまい、病室の入り口で足を止めた。

桜はわたしが来たことに気づかず、窓の外をぼんやりと見つめながら、耳にイヤホンをつけて音楽を聴いていた。

手に握りしめたウォークマンはかわいい桜色で、「誕生日にパパとママにもらったの」と、いつも嬉しそうに自慢していた。

桜は春めく日差しを浴びながら、目を閉じた。

そして音楽に身を委ね、微笑んでいた。


命が輝く瞬間を、わたしは見ている。

わたしは桜のかけがえのない時間を分け与えられて、手を取り合っているのだ。

一緒に過ごせる一秒が、一瞬が、とてつもなく神聖で、尊いことにふいに気づく。

わたしは急に泣きそうになり、桜を抱きしめたくなった。


そのときだった。

わたしの涙は一瞬で引っ込んだ。

ばーん！　といきなりドアが開け放たれ、

「よ！　元気そうじゃん！」

スタジアムにいるはずの太郎がドカドカと入ってきたのだ。すでに試合用のユニフォーム姿で、息を切らしている。

桜は驚いて、イヤホンを外してドアの方を見ると、パッと顔を赤らめた。そして引き出しの中に大切そうにウォークマンをしまう。

その光景を見届けてから、わたしは太郎に言った。

「は？　あんた試合でしょ？　なんでこんなところにいるのよ」

驚くわたしにちらっと視線を向けると、太郎はニコニコしながら桜のベッドに歩み寄った。

「俺、今日の試合、ゴールパフォーマンスのときに観客席の桜と弥生に向かって特別なサインを送る」

太郎は、小指を立てて指切りのポーズをする。

「俺は今日、絶対にゴールを決める。桜は必ず病気を治す。いいな。約束だぞ」

桜は目に涙をためて、力強く頷《うなず》いた。二人は指切りをかわす。

ゆびきりげんまん
うそついたら
はりせんぼんのます
ゆびきった

「……やっべ。遅れる！　じゃな！」

太郎は挨拶《あいさつ》もそこそこに、颯爽《さっそう》と部屋を出ていった。残された二人でしばらくぽかんとしたあと、「嵐みたいだったね」と、ようやく笑い合った。

……笑っているつもりなのに、なぜか胸が苦しくなってしまう。それほどに桜の笑顔は、無垢《むく》でかわいらしくて、儚《はかな》かった。

「あれ？　弥生なんか変な顔してる。わかった。もしかして、嫉妬《しっと》？」

桜がそうおどけてくれたので救われる。

「嫉妬？　わたしがあいつに？　もう、冗談きつい」

わたしは少し怒ったふりをして、本当は泣きそうなのをごまかした。

太郎の笑顔はすべて桜に向けられていて、交わした約束も、二人きりの世界のできごとだ。わたしはそこにいない。

病気の桜に寄り添うのは当然だし、桜は、二人の世界なんかじゃない、弥生も一緒だよ、三人の世界だよと、絶対に言うだろう。

わたしがひとりで、勝手に、どうかしてしまったのだ。

「山田くん、弥生に会えて嬉しそうだったね」

わたしがいつまでも変な顔をしていると、桜はそんなことを言った。

「あいつの話聞いてた？　桜に会いに来たんだよ」

桜はとぼけたように少し首を傾げて、微笑んだ。

ますます痩《や》せて身体中あざだらけになってしまった桜は、ずっと熱も下がらず、ここ最近喋るのも、息をするのも苦しそうだ。親友が目に見えて弱っていく姿に、正直、わたしも頭がおかしくなりそうだった。

そしてあんなに楽しかったはずの太郎と三人での交流が、なぜかわたしを追い詰める。

わたしは、太郎のことを思う時間が増えていくばかりだけど、桜のためにそれをかき消そうとしている。

でも、桜はそれを許さない。

この関係がどこに向かっているのか、誰が何を目指しているのか、もうわからなかった。

太郎は、どう思っているのだろう。

わたしは、あいつが能天気なバカであることを、祈るような気持ちで、願っていた。

試合終了を告げるホイッスルとスタジアムの歓声が、わたしを現実へ引き戻す。

午後になって少し風が冷たくなり、桜が小さく震えているのを見て、慌てて立ち上がった。

「桜、わたし車椅子取ってくる。ここで待ってて」

「うん、わかった。ありがとう」

ずり落ちそうになっていたブランケットを桜の肩に巻きつけるように被せ、小走りに観客席を離れる。

太郎は三年生になったらますます活躍するだろう。新チームは県大会で優勝できるかも、と噂《うわさ》されている。新学期が、暖かい季節が、春が待ち遠しい。

早くもっと活躍してよ、太郎。もっともっと早く。急がないと、約束が果たせなくなる。

１９８７年３月３日　Yayoi

昨日の無理が祟《たた》ったのか、桜は結局再び熱を出し、ベッドに身を委ねながら重い咳《せき》をしている。

そっと病室を覗《のぞ》くと、桜のつらそうな様子が見えたので、部屋には入らず、いったん廊下に戻った。

後悔が一気に押し寄せてくる。寒い中、スタジアムでサッカー観戦なんて無謀だったんだ。どんなに桜が行きたいと言っても、わたしが止めるべきだった。一緒に舞い上がったことが本当に悔やまれる。わたしは責任を感じて、病棟の廊下で会った桜のお母さんに頭を下げた。

「あの、ごめんなさい。わたしのせいで桜の具合が悪くなっちゃって……」

桜のお母さんは、ゆっくりと首を横に振って笑顔を見せてくれた。

「そんなこと弥生ちゃんが気にしないで。桜、すごく楽しかったみたいだし、きっと興奮し過ぎたのよ。山田くんがゴール決めて試合に勝ったんでしょう？　見せてあげられてよかった。弥生ちゃん、車椅子押すの大変なのに、連れて行ってくれてありがとうね」

桜のお母さんはわたしに対して、怒っているだろうと思っていた。でも想像とは正反対の反応をされてわたしは戸惑う。

「弥生ちゃん、桜の病気について色々勉強してくれているんですってね。記事が新聞に載るたびに切り抜きをしたり、図書館に通って資料を探してくれているって……」

勉強といっても安心材料を探したくて必死なだけだ。薬害エイズについては知れば知るほど恐ろしくなるばかりだった。

何を読んでも、誰に聞いても不安を煽《あお》る材料しかない。でも、正しい知識さえ身につければ今向けられている偏見と戦えるし、日々医療だって進化しているのだから、希望も見つかるはずだ。今すぐ治る病気ではないことはわかったけれど、五年先、十年先まで元気に過ごせれば、絶対に状況は変わっている。

「毎日お見舞いに来てくれて嬉しいけど、弥生ちゃんも来年は受験生なんだし、無理しないでね」

「はい。でも、できるだけ桜のそばにいたくて……。あ、でも迷惑だったら……」

「迷惑なんかじゃないわ。わたしたち家族も弥生ちゃんと、それに山田くんが桜と親しくしてくれて本当に嬉しく思っているの。あの子、感染する前から生まれつきの病気があるから……」

「血友病ですよね。血液製剤のせいでウィルスに感染したって……」

「そう。だからこうやって普通の高校に通って、仲良しのお友達ができて……そんな日が来るなんて夢みたいで。桜にはなるべく普通の生活を楽しんでもらいたいって思っているの」

「普通の生活……」

「わたしたちみたいに健康に恵まれていると、その普通のありがたさってわからなくなってしまうわよね。普通に歩けること。普通に学校や仕事に行けること。普通にご飯が食べられること……」

桜のお母さんは、切なそうに病室の方に目をやる。

「だから、弥生ちゃんには普通に大学に行って、普通に結婚して、いつかお母さんになって……」

そこまで言うと、はっとしたようにわたしの顔を見た。

「やだ。わたし、何言ってるのかしら。ごめんね」

桜のお母さんは手を振ると小走りに去っていった。


わたしはその場に立ち尽くして、動けずにいた。普通ってなんだろう。どれだけ考えてもわたしにはわからない。

そのとき廊下の向こう、出入り口の方から明るい笑い声が聞こえてきた。病棟受付のナースステーションで太郎がきっとふざけているのだ。

いつの間にかすっかり看護婦さんや入院患者の人たちと仲良しになった太郎は、学校と同じようにここでも陽気にふるまっている。

太郎は、嬉しそうにバタバタと走りながらこちらに向かってきた。

「山田、うるさいよ。ここ病院だよ？」

「俺、病院って苦手だからさ、楽しくしてないとやってられないんだよね。でも、どこでも自分のホームにできるところが、さすが俺だよな」

「ねえ。もうちょっと普通にできないの？」

今、心を占めている言葉をついつい口に出してしまう。太郎は不思議そうに首を傾げた。

「え。これが俺の普通」

太郎はニヤッと笑うと、

「サンタさんのおでましだぞ」

と、季節外れな上に訳のわからないことを言いながら、桜の病室へ入っていった。

わたしは慌てて後を追う。

「色紙持ってきてやったぜ。価値あるサイン第一号だ。大事にしろよ」

もぞもぞとバッグから色紙を取り出すと、なにやらそこにはぐちゃぐちゃとサインらしきものが書いてある。何と書いてあるかさっぱりわからなかったけれど、さんざん練習したのだろうと想像するとため息が出た。

「え？　サンタ？」

ベッドの上で体を起こした桜は、少し咳をしながらもクスクスと笑った。まったく何が楽しいんだかと呆れながら、わたしは桜の横に腰を下ろした。

「サンタってなあに？　サンタクロースのつもりなの？」

桜が問いかけると、太郎は嬉しそうに語り始めた。

「山田太郎、略してサンタ。ニックネーム考えたんだよ」

「は？」

うっとりしている桜を横目に、わたしは思わず眉をひそめてしまう。

「日本にようやくサッカーのプロリーグができるんだ。そしたらサッカー選手っていうのはプロ野球選手くらいの人気者になる。そのための準備として、俺はまず、サンタというあだ名を決めた」

わたしは「ふーん」と言い、桜は対照的に「プロになるなんてすごい！」とか、「サンタっておもしろい」などと、大げさに喜びながらキャッキャと受け答えしている。

「サンタからのプレゼントが大量得点って最高だろ？　ってことで、俺のことは今日からサンタって呼んでくれ」

そう言いながら、太郎は桜に色紙を差し出した。

「わかったよ。サンタ。……わたし、サンタが好き」

色紙をそっと受け取ると、桜は少しだけ視線を落として、好き、とたしかに言った。

「ん？」

太郎が聞き返すと、慌てて取り繕う。

「クリスマスが大好きなの。楽しい思い出ばっかりなんだ。だから、クリスマスが好き。……サンタが大好き」

「そっか」

太郎は、そう言うと、いつも通り屈託のない笑顔を見せた。

「ねえ。サンタ、弥生。わたし、二人が大好きだよ。だからずっと今のままでいてね」

「ちょっと、何言って……」

わたしが驚いて弥生の言葉を遮ろうとすると、それを止めるように太郎ははっきりとした口調で言った。

「まかせとけ」

「それを聞いて安心した。変わらないでね。優しくて自由でまっすぐな二人でいてね」

「もちろん、約束だ。俺は絶対に嘘《うそ》はつかない。かっこいい大人になるよ。俺も、弥生も、……桜も」

桜は安心したようにやっと表情をほころばせると「うん」と頷いた。

「桜も約束してよ。とにかく病気を治すことに集中して、来年一緒に卒業式に出るんだからね」

わたしは、そう言いながら桜の小さな肩に手を置いた。

「うん」

桜は、柔らかく微笑んで、頷いた。


病室の窓から柔らかい春の日差しが差し込んでいた。

この世界に存在するすべての空気も水も光も、ここには届かない春を告げる風も、桜に惜しみなく生命を降り注ぎ続けるのだ。

光と愛と祝福に満たされたこの部屋で、三人で指切りをした。

普通に生きる。

という、尊過ぎる約束を交わす。
三人で過ごすこの時間がいつまでも続くようにと、わたしはそっと祈った。
普通は、奇跡だ。

１９８８年３月４日　Taro

弥生に『奇跡の人』という本を教えてもらったのが、ちょうど半年前。

——わたしも読みたい。

ベッドに身を委ねたまま桜はそう言った。声は弱々しく、もう、体を起こす力も残っていなかった。

そのころ、桜の病気は恐ろしい速さで進行し、容赦無く小さな体を蝕《むしば》んでいった。

——わたしが読んであげるね。

弥生はそう言って、桜が横になったベッドに腰を下ろすと、分厚い本のページをめくる。

本を読み上げる弥生の口調は優しく穏やかで、桜は安心したように眼を閉じた。

それでもいつまでも弥生は本を読み続け、静かなトーンで奇跡の物語を紡いでいく。

俺は、いつまでもその光景を眺めていた。

俺たちにとっての奇跡は、桜の病気が治ることだ。

でも、なんていうか、そのときもうすでに奇跡の中にいる感覚があった。だって、それくらい二人の姿はきれいで神聖で、とても入り込める隙《すき》はなかった。

だから俺はその日、一人でその本を買って、ページを開いた。サリバン先生とヘレン・ケラーが命がけで挑んだ奇跡の日々が綴《つづ》られているのだと、弥生から聞いていた。

目が見えない、耳が聞こえないというのはどういう感覚だろう。怖いかな。でも、ずっとそれが普通だったら、怖いという感じでもないのだろうか。水に触れて、はじめて物には名前があることを知る。どういう気持ちなのか想像しても、よくわからない。

目も見えない、耳も聞こえない生徒に言葉を教えるというのは、きっと壮絶なことだ。だからそれは奇跡なのだ。

サリバン先生は、きっととても強く、信念があり、深い愛情を持った人なのだ。そう。弥生のように。

弥生はきっと、サリバン先生みたいに桜を奇跡に導いてくれる。弥生なら、絶対に。


でも、結局俺は、『奇跡の人』を読むことができなかった。怖かったのだ。うまくいえないけど、読み終わったら、その日を迎えてしまう。

そんな気がして、どうしても読めなかった。

いつまでもずっと、弥生にはベッドに座り桜にその本を読み聞かせ続けていてほしかった。だから、俺は、読まない。

三月四日。卒業証書授与式。

卒業式なんて手ぶらで行けば良いかと思っていたのに、柄にもなく学生カバンを持って最後の登校をした。

バッグの中身は、『奇跡の人』だけだ。桜と弥生にとって大切なものを持っていれば、一緒に卒業式に出ている気になれるかも。一瞬でもそんなセンチメンタルなことを考えた自分が嫌になる。

「桜、約束破るなよ……」

斜め後ろの席から視線を感じた。桜の写真が飾られた写真立てと花が置かれたその椅子に、俺は『奇跡の人』を置いた。弥生と桜を強い絆《きずな》でつないでいた、大切な本を。

――早く読んで感想聞かせてよ。

そう言う桜をはぐらかしたまま、今日を迎えてしまったのだ。

読み終わらない限り、桜は生き続けるって、本気で信じていたんだ。バカみたいだけど、そう信じようとしていた。

桜は生まれたときから病気だった。

怪我をすると血が止まらなくなる血……なんとかって病気。

だから、小さいときから注射のために週何回も病院に通い、日常生活でも怪我をしないように激しい運動は一切禁止だったそうだ。体育の授業はもちろん見学だし、運動会にも出たことがない。きっと、サッカーなんてもってのほかだろう。俺もサッカーの練習で毎日生傷が絶えないけれど、これでいちいち血が止まらないなんて、シャレにならないことはわかる。

それで、その病気を治すための薬のせいで、不治の病のエイズになった。不本意だよな。

なんだろう。そんなんだったら血なんとか病なんて放置しておいた方が良かったんじゃないのか？　そういう問題じゃないの？　治療してもしなくても、その血の病気で死んだんじゃないのか？

そう、桜は死んだ。

死んだんだ。

この世は所詮《しょせん》仮住まいだ。借り物の服を着て借り物の家に住む。そしていつか死んだら冷たい土の中で、生きていた日々のことを思い出しては笑ったり嘆いたりするのだろう。思い出が多い方が飽きなくていい。きっとお墓の中は暗く、寂しく、退屈だろう。

思い出作りのために生きるつもりもないけれど、再会したとき桜が退屈しない程度には武勇伝を作ってからそっちに行くよ。

そのときには俺も弥生もきっとよぼよぼの老人だから、桜、気づかないかもな。いつまでも十八歳の桜がなんだか羨《うらや》ましい。

いつかプロチームと日本代表のユニフォームをお土産に持ってそっちに行くから、期待しててくれよな。

桜の代わりに卒業証書を受け取ったのは、彼女のお父さんだ。体育館を包み込んでいたすすり泣きの声に、悲痛な嗚咽《おえつ》も混ざり始めた。

みんなと一緒にメソメソ泣くのは趣味じゃない。こういう空気は苦手だ。桜のことをセックスしまくりだとかレズだとかさんざんいじめていた女子たちも、見ればさめざめと泣いていた。

「最低。桜のことといじめてたくせに」

隣の弥生が小さくつぶやいた。

「わたし、泣くに泣けない……悔しくて」

弥生は唇を噛《か》み締め、うつむいた。

正義感の強い弥生にとって受け入れがたい状況なのはわかる。でも、露骨に歯向かったりしないところを見ると、こいつも大人になったのだと感じる。

同級生の死というのは、否が応でも人を成長させるのだ。高校生の若さで友達を亡くすという特殊な経験は、俺たちのことをひと回りもふた回りも大人にさせてしまった。

俺はまだ子供でいたかったのに。桜のバカヤロウ。

桜のお父さんは、壇上で挨拶をした。この日のお礼と、生前の感謝。桜の人生がいかに愛に満ちた幸せなものだったかと、涙ながらに語った。

「みなさんに聞いてもらいたい曲があります」

そう言うと、体育館に音楽が流れ出す。古いレコードから流れるような、小さなノイズとやわらかなメロディー。そして始まる歌声。

見上げてごらん夜の星を
小さな星の　小さな光が
ささやかな幸せをうたってる

桜、聞こえてるか？

俺は後ろを振り返り、桜の写真に問いかけた。桜は笑顔だ。だから俺は泣かない。

卒業式が終わり、校庭でみんな記念撮影をしたり、部活の後輩たちと集合したり、楽しげな時間が流れている。親や先生たちも一様に笑顔で、さっきまでの悲しみが嘘のようだ。

こうして桜のことを思い出しては忘れ、忘れては思い出し、それを繰り返しながら少しずつあの日から遠ざかっていくのだろう。

桜は死に、俺たちは生きる。つまりそういうことなのだ。

この町では卒業式に桜の花の彩りは縁遠く、まだまだ雪がちらつき真冬のようだ。冷たい風が吹き付け、身震いした。

「帰ろうぜ」

桜の両親を見送った後、ぼんやりと立ち尽くしていた弥生の背中を軽く叩いて声をかけた。

「あ……うん」

ぼんやりしていた弥生を促すように校門を出る。

「ほんと寒いよな。俺早く南米のプロリーグに入りたい。暖かそうだし」

俺が冗談を言っても、弥生は寂しそうに視線を落としたままだ。手袋もせずに、卒業証書の筒を強く握りしめている。

「早く四月になればいいな。……弥生」

「やだよ。四月になっても桜の誕生日、祝えないんだよ。これから先、ずっと桜は置いてけぼりで十八歳のままなんだよ。四月なんて来なければいいのに」

「祝えばいいだろ、桜の誕生日」

「そういう問題じゃないの！　桜はいないんだよ？　本当にサンタは何もわかってないね！」

弥生はいきなり声を荒らげる。驚いた俺は、反射的に言い返した。

「じゃあ、桜の誕生日が来るたびにかわいそうってめそめそ泣いてろよ。それが嫌なら、さっさと忘れろ！」

あ、俺、弥生にひっぱたかれるかなと思った。頭にきたし、必要以上に挑発的なことを言った。

でも、弥生の反応は意外なものだった。俺のことを潤んだ瞳で見つめると、ぽろっと大粒の涙を流してこう言ったのだ。

「心にもないこと言わないで。いつ会えなくなるかわからないんだよ」

参ったな……。その通りだ。だから素直に謝ることにした。今日で桜と過ごしたこの場所を去るのだ。こんなんじゃ、ダメだよな。

「ごめん。でも俺、心の中でも桜の誕生日、祝いたいよ。みんな忘れるかもしれないけど、俺は忘れたくない」

「わたしたちは忘れないよ」

理由は言われなくてもわかる。忘れるわけがない。

「そうだな」

とだけ返し、そのまま沈黙が訪れた。

俺たちは連れ立って近くのバス停に向かって歩く。道路の横に溜まった雪を小さく蹴《け》った。こうしてここを歩くのも今日が最後なのに、まるで実感がわかなかった。

「でも、大学行かないでクラブチーム入るなんて、すごい勇気だね」

「プロリーグ開幕前のタイミングに間に合ってよかったよ。日本代表になって絶対にW杯で得点王になるから楽しみにしてろよ」

「相変わらずすごい自信ね。桜に聞かせてやりたい」

「聞こえてるよ、きっと」

バス停が近づいてくる。つまり、別れが迫る。急げば間に合うのに、二人ともわざとゆっくりと歩き、バスに追い抜かれるのを待った。

手袋をしていない弥生の手は小さく震えていた。指がふれあいそうな距離間。たとえばこのまま手をつないだら、未来の行き先は変わるのだろうか。

出会ったあの日、なんて凶暴な女だと思った。いきなり怒鳴られ、殴られた俺は「おもしろいやつ」に興味を持った。

男とか女とかを超えて、同志みたいに思っていた。それが、今隣を歩く弥生が、こんなに小さく華奢《きゃしゃ》でか細くて、驚いた。守られる存在という立場はすべて桜が担っていたので、気づかなかったのだ。

急に腹の奥の方から、思いがこみ上げてくる。こんな小さな体で、桜のことを守りながら張り詰めて生きていたんだ。

「なあ、弥生って小さいんだな。知らなかった」

「え？　別に小さくないけど……。背も高い方だし」

「いや、なんか小さいよ」

「サンタがでかくなっただけだよ。高校三年間で十五センチも背が伸びたんでしょ」

「ああ、そうか」

わざと乗り遅れるためにモタモタ歩いていると、バスはしびれを切らして出発した。次のバスが来るまで三十分。

手を握ろうかな、とふと思った。

自分の気持ちを押し殺していた理由を、どこか桜のせいにしていた気がする。桜と弥生と俺と、三人で過ごす時間が何よりも大切で、この関係を絶対に守らなければいけないと、本気で思っていたのだ。

でも、それも全部言い訳だ。

俺は、あの日弥生に恋をした。今日をもって、二年温めたこの思いを、恋だと確定する。

バスの中でいきなり殴られた日、俺は弥生が桜を守るためにクラスメイトたちに食ってかかる姿をたまたま見ていた。

偶然遊びに来ていた隣のクラスで、出会ったばかりの変なやつが、病気の友人を守るために、自ら矢面に立っていたのだ。その光景は、朝殴られたときよりもすごい衝撃だった。

奇跡は、あの日に始まっていたのに、こうして自分の手を出したり引っ込めたりしているうちに二年の月日が過ぎてしまった。

まあ、つまり、勇気がないのだ。


「ねえ、サンタ」

「え!?」

急に名前を呼ばれた俺は、すっとんきょうな声を上げながら、再び手を引っ込めた。

「それで結局『奇跡の人』読んだの?」

「まだ、これから」

特別だから読めなかったこと、怖くてあえて読まなかったこと、弥生はきっとすぐに察してくれた。ふいに視線を落とすと、すぐに決意したように顔を上げた。

「わたしね、サリバン先生みたいな教師になる。この世界には美しいことや楽しいことがたくさんあるって、一人でも多くの人に伝えたい。桜がわたしに教えてくれたことを、返していきたいの」

「……つまんねーな」

「悪かったわね」

「そうじゃなくて、弥生ならできそうな気がするから。普通に」

俺がそう言うと、弥生はふふっと笑った。その優しげな笑顔にはっとして、なぜか俺は慌てて手を引っ込める。

「教師になって、もっとたくさんの子供たちに伝えたいの」

「あ。自分の子供は持てそうもないからだろ？　弥生、結婚できないだろうし」

俺はバカだ。照れ隠しにタチの悪い悪態ばかりをついてしまう。弥生は、頬を膨らませて眉をひそめる。その顔も、弥生らしくて好きだから、最後に見たかった。

「うるさいよ。自分のこと心配しなさいよ」

卒業証書の筒で、俺のことを叩くふりをする。俺は大げさに避けて、応戦する。さんざん二人でふざけあって、結局二人で大笑いした。

笑っているうちに、なぜだか入学したころを思い出した。

バス停のすぐ先、分かれ道にある大きな桜の木の下で写真を撮ったのだ。

制服はいかにも新入生らしくブカブカで、だいたいまだ花も咲いていないというのに、それでも張り切ってカメラを構える母ちゃんの姿が、目に焼き付いている。懐かしい。……恥ずかしかったな。でも、幸せだったかな。


この町の桜は卒業式はおろか、入学式にも間に合わない。つくづく絵にならないよな。北国って。

あのころの俺は、弥生のことも桜のことも知らない。

そんなの今の俺とは違うやつだ。もし二人と出会わなかったら、今日をどんな気持ちで迎えていたのだろう。きっとそれなりに楽しくやっていたのだろうけど、今の俺なら断言できる。きっと薄っぺらいままで高校生活も、もしかしたら人生もそのまま終わってしまっただろう。

俺、ずいぶん成長しただろ？　そんなことを問いかけながら桜の木を見上げる。まだ花は咲きそうもない。それどころか、枝に雪が積もっている。

待っている時間はないから、先に行くよ。

「よっし！　俺行くわ」

そう告げると、弥生は目を丸くした。

「え？　バスまだだけど」

「走って帰る！　トレーニングだ」

手を握ろう、握れない、とモジモジしているのが自分らしくないし気持ち悪くて、この思いは走って発散することにした。

「またな！　弥生、卒業おめでとう！」

俺は返事を待たずに、スタートダッシュを決める。後ろの方から俺の名前を呼ぶ声が聞こえた。

「そっちこそ！　おめでとう!!　元気でね！」

俺は足を止め、くるりと振り返った。すでに遠く離れた桜の木の下にいる弥生に向かって精一杯叫んだ。

「もし、四十歳過ぎても独身だったら、俺が結婚してやるよ!!」

跳ね上がって、大きく手を振った。弥生も立ち上がり、ブンブンと手を振っている。よく見えないけれど、あいつもきっと笑顔だ。

「言っただろ？　結局俺が引き取ることになったよ。弥生、すっかりババアだな」

と、二十二年後を想定したセリフを走りながら口にする。

お互い様だよ。そっちだっておっさんじゃん。きっと、弥生はそう言い返してくるだろう。あいつの気の強さはきっと変わらない。もっと、悪化してるかもな。

シワができて、シミができて、白髪が増えて、あそこが痛いとかここが動かないとか言いながら年をとる。

桜の人生は本当に美しかったけれど、俺と弥生はせっかくだからダラダラと生きるよ。きっとそれはそれで美しいものだと、いつか思うかもしれない。

ありがとう。

好きな女の手も握れない、ヘタレな俺もかわいいもんだろう？　桜、笑ってやってくれよ。

でもさ、絶対に俺たちは結ばれる。
だってそれが運命だし、奇跡だからだ。

1996年3月5日 Yayoi

わたしの故郷の空は、冬の間ずっと分厚い雲に空は覆われている。
だから澄み渡る青い空を見ると、この町にも春が近づいてきたのだと実感するのだ。
だけど、やっぱり東京に比べると、寒い。寒過ぎる。
「桜、わたし、こんなに寒がりだったっけなあ」
空を見上げながらぽつりとつぶやいた。
——弥生ったら、東京ですっかり軟弱になっちゃって。もしかして都会っ子のつもり？
桜の愛くるしい笑顔が目に浮かび、かわいらしい声が聞こえた気がして、わたしは思わず微笑んだ。

東京で暮らしているわたしは、もう分厚いコートとブーツを脱ぎ捨てて、花粉症に苦戦しながら、都会に馴染《なじ》んだつもりになって生きている。

とはいえ東京では田舎者扱い、こっちに帰ると都会に染まったと言われ、参ってしまう。

東京の大学に進学して以来、こっちに戻る機会は、ほとんどなかった。とにかく勉強とアルバイトに明け暮れていたし、実家ともわけあって絶縁状態。

ただ、桜の命日のお墓まいりを欠かしたことはないから、この時期は必ずこの地を訪れていた。それでも毎年逃げるようにトンボ帰りしていたけど、今年は事情が違う。

今日は、特別な日。

身支度するときも、緊張して手が震えてうまくメイクができない。慣れないハイヒールでここに来るまで何度も転びそうになった。

会場に着くと精一杯のオシャレをした懐かしい顔ぶれが勢揃《せいぞろ》いしていた。ほとんどが高校卒業以来の再会だ。「久しぶり」と挨拶《あいさつ》をかわし、近況報告をしているうちに、少しだけ緊張がとけてゆく。

「でも、まさかあの山田太郎がね」

同級生たちはみんなそう言った。

「あいつらしい」とも「大丈夫かな」とも言い合った。わたしはいちいち同意して「そうだね」と笑った。

そしてみんな、口を揃えてこう言うのだ。

「相手は、弥生だと思ってたのに」

わたしは、ありえない、と言いながら首を横に振った。

自分と太郎が結婚するなんて考えたこともないけれど、こうして太郎の結婚披露宴に来るというのも、なんだか現実とは思えなかった。

どこかふわふわとした気持ちのまま、わたしは自分の名札が置かれた席に着き、バッグの中から桜の写真が入った写真立てを取り出した。

一緒に太郎の結婚式に参加しようという気持ちで、自分の席に置こうと、家から持ってきたのだ。

ふと、隣の席を見ると、そこには「渡辺桜様」と書かれた名札が置かれ、きちんとテーブルセッティングされていた。

桜の席を準備した太郎の粋な計らいに気づき、抑えていたはずの感情が一気に押し寄せた。

桜が生涯に一度の、恋をしたこと。

いつまでも色褪《いろあ》せることのない、三人でのキラキラとした思い出。

どこかすみの方に押しやったままのわたしの気持ち。

そして、忘れてしまいたい、あの日の出来事。

「サンタのバカ……」

自分に惚《ほ》れた女を、二人も披露宴に呼ぶなんて、最高に優しくて、最高に無神経なやつ。

わたしは涙をこらえながら、隣の席に桜の写真を置いた。

そんな感傷もふっとぶくらい、披露宴での太郎の様子は、良くも悪くも相変わらずだった。入場するなり勧められるがままにお酒を煽《あお》る。早速酔っ払ってはしゃいでは、大騒ぎをして奥さんにたしなめられていた。

すっかり呆《あき》れていると、へらへらしながら子供を抱いてわたしたちの席に近づいてきた太郎が、得意げに赤ちゃんを見せつけてきた。

「よう！　弥生。これ、俺のせがれ。良い顔してるだろ～。歩《あゆむ》でちゅー」

近づくだけでお酒の匂いがして顔を背けたくなる。緊張して飲まずにいられないのはわかるけれど、これでは赤ちゃんも奥さんもかわいそうだ。

「サンタ、危ないよ」

太郎の不安定な腕の中でもがいている赤ちゃんが心配で、思わず手を差し伸べる。まだ首がすわったばかりの生後四ヶ月の歩くんは、不思議そうにわたしと太郎の顔を見比べていた。

凛々《りり》しい眉毛《まゆげ》が太郎にそっくりだ。手を差し伸べると、わたしの指をぎゅっと握った。ふわふわのやわらかい体。小さな手足。愛おしさが込み上げてくる。

「弥生さんですよね？　いつも太郎からお話伺っています」

ウェディングドレスを着た花嫁がわたしの横に立ち、にっこりと微笑んだ。

「このたびはおめでとうございます」

「まさか、わたしと太郎の子供を弥生さんに抱いてもらえる日がくるなんて。太郎、複雑な気持ちでしょうね」

花嫁の奈美は理解しがたいことを言いながらくすくすと笑った。

「これからもわたしの夫とお友達として仲良くしてあげてくださいね。弥生さんも、お寂しいでしょうし。あ。逆にそれだと弥生さんおつらいかしら。せめてもの慰めになればと思ったんですが」

なんと答えて良いのかわからず、わたしは黙って少しだけ微笑んだ。むき出しの敵意とも違う、勝ち誇ったような笑みからわたしは目をそらす。何かを誤解しているようだし、おめでたい席でなければ反論している。ただ、今は披露宴の最中なのだ。わたしは感情を押し殺すことに徹した。

奈美は、とてもきれいな人だ。小柄で透き通るように白い肌。やわらかそうな髪と細い指。わたしと違って、とても女の子らしい。ウェディングドレスをまとった姿は本当にお人形のようだった。サンタにはもったいないとみんなが言うのがわかる。その通りだ。

こんなにきれいな女性が太郎のことを好きになるということは、ひょっとして太郎って魅力があるのかな。

わたしと桜しか太郎の良いところは知らない。……そのはずだったんだけどな。

なぜか自信が打ち砕かれたような、不思議な寂しさを感じてしまう。

こんなおめでたい日にいじけたような気持ちになるなんて、つくづくバカみたいだ。

いつの間にかわたしの腕の中には小さな赤ちゃんがいて、ぎゅっと抱きしめることで行き場のない気持ちをごまかした。

「幸せになってね」

わたしは、歩くんに向かって言った。サッカー選手として芽の出ないままできちゃった結婚をする太郎を非難することは簡単だ。

でも、晴れの舞台を手放しに祝福できないのはわたしの気持ちの問題で、「せめてわたしだけは」味方でいたいのにという気持ちと交錯し、考えれば考えるほど混乱した。

「奈美さん、大切な赤ちゃんを抱っこさせてくれてありがとうございます。太郎、父親としてちゃんと自覚持って頑張るのよ」

わたしは歩くんを奈美さんに返すと、いつまでもヘラヘラしたままの太郎に言った。

「弥生、心配すんなって。すぐに入団テスト受かってJリーガーになるし、フランスW杯でミラクルゴール決めるからさ。桜とも約束したんだ。期待しててくれよ」

桜の名前を出されると、わたしは何も言えなくなる。そして二人でなんとなく桜の写真に目をやった。

「だいたい、弥生も二十六になるのに恋人もいないって、まずいだろ。さっさと嫁に行って、俺を安心させてくれよー」

酔いに任せたいつもの調子で、きっとその力を借りて、太郎はわたしに本当に伝えたいことを言っているのだ。

「わたしはもう、一生結婚することはないと思う」

だからわたしは本音を答えた。それ以上太郎はわたしに構わず、他の招待客のテーブルに向かった。

「桜、ごめんね」

わたしは、小さくつぶやいた。謝ったって、胸につかえたものはとれないけど。

相手が桜じゃなくて、ごめん。わたしじゃなくてごめん。

１９９５年３月６日　Taro

自分のことを、ここまで嫌いになったのは初めてだ。

薄々気づいていたけど、俺、最低だわ。

奈美が膝《ひざ》をついてすすり泣きしている後ろのテレビを、ぼんやりと眺めていた。奈美を励ますつもりで「安室《あむろ》ちゃん出てるよ」と言ってみたが、当然反応はない。

テレビを消すと本格的な沈黙が訪れ、耐えがたい時間が続く。奈美はただ顔を覆い、肩を震わせうなだれている。安室奈美恵《なみえ》に憧れているからって、つくづく金髪のメッシュが似合っていない。流行に流され過ぎる女ってどうよ……なんて、俺は現実逃避しながら非道なことを考えている。だからつまり、最低なのだ。というわけで、最低ついでに、俺は言った。

「すまん。結婚はできない。お腹の子は堕ろしてくれ」

自分でも疑問に思う。俺って、こんな発言するような男だっけ。

奈美は、当然ワーッと泣いた。そして泣きながら、土下座する俺に向かって手当たり次第そこら中のものを投げつけてくる。そりゃ、怒るよな。泣くよな。

でも、俺は妙に冷静だった。

奈美に申し訳ない気持ち、もちろんある。

お腹の子がかわいそう。当然、そう。

でも、どこか他人事で、奈美ってこんな女だっけ……なんて思っているのだ。

しかも、妊娠を報告されたこのタイミングで、俺は違う女の顔を思い浮かべていた。

「最低！　わたしのこと体目当てだったのね!!」

「いや、そういうわけじゃないけど……」

まあ、こうなったら言うしかないので言うけど、

「俺、他に好きな女がいるんだ」

言った瞬間、目の前にチカチカと星が飛んだ。ぶん殴られたのだ。

「何開きなおってんのよ!?　浮気してたっていうわけ？」

「いや、浮気も何も、あっちが本命というか」

「は!?　わたしが浮気相手!?」

「そうじゃなくて、永遠の心の恋人っていうか、別に関係があったわけじゃないんだ。そもそも何年も会ってないし」

「わけわかんねーことグズグズ言ってるんじゃねーよ！」

奈美は怒号を上げると、今度は顔を両手で覆い、こう言った。

「……赤ちゃん、かわいそう。命を授かった瞬間に、自分の父親に殺すって言われるなんて……」

……それを言われるとな。俺は膝をついたままうなだれた。命を粗末にするようなことを軽々しく口にしたのは事実だ。こんなんじゃ、弥生にも桜にも顔向けできない。でも、恋人に妊娠を告げられたと同時に、他の女の顔を思い浮かべること自体が最低なんだ。

どう転んでもどこをどう切り取って、どの角度から見ても、俺は最低だ。

高校を卒業して七年。俺がまだ最低ではなかった頃、桜の木の下で手を振って別れたあの日が、遠い昔のようだ。

変わってしまった俺を見て、弥生はなんて言うだろうか。

ぽつりと言った。
「ねえ……電話」
ずっと電話が鳴っているのを無視し続けている。しびれを切らして、ついに奈美が
ぽつりと言った。
「電話！　どうせその浮気女からでしょ!?　出ろよ！」
「いや、だから浮気っていうか、そうじゃなくて」
どうせ母親だと思って、留守電に切り替わるのを待った。さすがに今、母ちゃんの
世間話に付き合っている場合ではない。
「サンタは今、世界中の子供たちにプレゼントを届けに行っていまーす」というハイ
テンションなメッセージの後に続いた声を聞いて、俺は反射的に飛び上がって受話器
を取った。「もしもし」の一言で、声の主がわかる程度には恋い焦がれている。
「も、もしもし……!?」
『あれ？　いたの？』
「や……やよ……」
そこまで言い掛けて、慌てて奈美のことを見て声をひそめる。どうせ、その女でし
ようといわんばかりの怒りに満ち溢《あふ》れた視線を避けようと、奈美に背中を向けた。

「なんだよ。どうしたんだよ」

慌てる俺をよそに、弥生の声は明るかった。

『サンタ、わたし、教員試験受かったの』

「え？　よかったな！　おめでとう！」

思わず声が上ずる。背中に突き刺さる視線が痛い。たった数分前のご懐妊宣言におめでとうと言えなかった男だ。むしろ刺さるのが視線だけというのが奇跡だよな。

『ありがと。実は今日こっちに用があって近くまで来てるの。もう東京に戻るんだけど、帰る前に会えるかなと思って』

「え？　今から？　わかった」

俺がそう答えた瞬間、背後からの怒鳴り声も同時に電話の向こうに届いた。

「誰よ!!　どこの女!?」

奈美を制するより早く、弥生が状況を察してこう言った。

『ごめん。彼女来てたんだ』

「いや、彼女っていうか……」

『だったらいいの。じゃあね』

「ちょっと待っ……」

言い終わる前に、ぷつりと電話は切れた。そして、それと同時に後ろから首根っこを摑《つか》まれる。

「彼女じゃなかったら、わたしは一体なんなのよ!?」

俺は、覚悟を決めて、こう言った。

「だから……彼女じゃなくて、奥さんだろ」

「え?」

正直、腹をくるタイミングがここだとは思っていなかった。相手も、予定と違う。でも、まあこれも運命……ってことで片付けるしかない。

「奈美。おまえは母ちゃんで、俺が父ちゃんだ。よし! 決めた! この子は立派なサッカー選手に育てるぞ!」

奈美は細く整えた眉を急に八の字にすると、顔を歪《ゆが》めて泣き始めた。

「まだ男の子って決まってないし。てか、子供の将来決めてないで自分が立派なサッカー選手になれよ」

「おう。任せとけ」

正直、この場を切り抜けたくて俺は口から出まかせ、適当なことを言っていた。

「て、わけでちょっと出かける」

「は？　何言ってんの？」

「すまん」

俺は当然弥生を追いかけることしか考えていなくて、困惑する奈美を置いて、家を飛び出したのだ。

ほらやっぱり最低だろ？

本当に惚れた女に想いを打ち明けることすらできずに、この始末だ。もう二度と、想いを伝えることはないのだ。それをしてはいけないことくらいはわかる。

だから最後くらい、全部のプライドをかなぐり捨ててすがったって良いだろう。そう。最後だ。父親になる覚悟っていうのはそういうことだよな。

「許せわが子」とつぶやきながら、夜の町を走った。……息子だったとしたら、ごめん息子。

タクシーを拾い、「バスの出発時刻が迫っている」と運転手をせかしながら、長距離バスのターミナルに到着する。

無数の大型バスが連なり、乗り降りする乗客たちでごった返していた。その風景を見て、俺はただ絶望した。

時刻表を確認する時間もなかったから、東京行きのバスがいつどこから出発するのかもわからない。だいたい、もう弥生が乗るバスは出発しているのかもしれないのだ。

それでも俺は人ごみをかき分けて、乗客たちが引きずるスーツケースにぶつかりながら、弥生を見つけるためにターミナルを走った。

運命。

息が上がり、足がもつれて頭は真っ白でも、その言葉だけが重しのように心を支えている。俺と弥生は運命で結ばれている二人だから、想いを言葉にする必要なんてない。いつか必ず引き寄せられると確信して、ここまで過ごしてきたんだ。

弥生、ごめん。せっかく会いに来てくれたのに、別の女を孕《はら》ませてごめん。でも絶対に見つけてやるから大丈夫だよ。

　こうしている間にも、どんどんバスは客を詰め込んでは出発していく。どんどん人もまばらになり、最終の時間が迫っていることを感じた。

　走り回った末に見つけた、「東京」と表示されたバス。乗客は全員乗り込み、静かにエンジン音が響いていた。

あ。このバスに弥生は乗っている。

　単なる勘だけど、運命の相手だからわかるのだ。絶対、これだ。ただ、もう出発しようとしている。大型バスの窓は高く、背伸びをするように覗《のぞ》き込む。

　そこにいたのは、弥生だった。

　まっすぐ前を見据え、そしてうつむいた。

「弥生!!」

　声は届くはずがない。俺は慌てて車体を叩く。その間に弥生はイヤホンをつけて、目を閉じた。

「弥生!!　弥生!!」

　こうなったら、バスに乗り込むしかないと走った瞬間、ドアが閉まり、エンジン音が高くなる。

「おい！　待てよ！　弥生!!」

バスはゆっくりと出発し、俺は車体を叩きながら並走した。何度も弥生の名を叫ぶと、一瞬ふと、弥生は目を開けた。

気づけよ!!　なあ!!

声にならない声で叫ぶ。そして加速するバスを追って走る。

あのとき。

そう、出会ったあの日。

遅刻してきた弥生は猛ダッシュでバスを追いかけ、叫んでバスを止めて、颯爽《さっそう》と乗り込んできたんだ。軽快で、強引で、その鮮やかさに目を奪われ一瞬で惹《ひ》きつけられた。「なんだこの女」って衝撃で息が止まった。そして次の瞬間、いきなり目の前に立ちはだかって殴られたんだから、すごい話だよな。

あのときの、十五歳の弥生みたいに、軽やかな足取りで息を切らしてバスに向かって走り、やがて追いついて、強引に停車させる。そして俺と弥生は東京行きのバスの中で再び出会うのだ。

「サンタ!?　何やってんのよ!?」

「来てやったぜ。喜べよ」

驚く弥生と、戸惑う乗客。運転手に怒られながらも、俺は弥生の隣に座る。弥生は何も言わずに受け入れると、少し笑って俺の肩にそっと頭を乗せる……。

そんなこと、あるわけないか。

バスは追いすがる俺を置いて無情にも走り去り、俺は遠ざかるテールランプを目で追いながらアスファルトに膝をついてひたすら咳き込んだ。

運命を握りつぶしているのは、俺の方なのか？　なあ、弥生。

２０００年３月７日　Taro

「あのとき、携帯があったらな……」

携帯は、すべてのラブストーリーからすれ違いを奪った。

だって、「バス乗らないで待ってて」ってメールを一本していれば、俺と弥生は俺のイメージしていたハッピーエンドへ向かっていたのだ。

運命の時間軸は、ときに残酷だ。

ノストラダムスの予言通りなら、今ごろ世界は終わっているはずだった。恐怖の大王が訪れるはずの一九九九年の七の月を、どうやら人類は手に手を取って乗り越えたらしい。

子供の頃はその日が来ることに本気で怯《おび》え、夜な夜な真剣に悩んだものだ。

未知なる死。恐怖の大王とは何者なのか。なんとか回避する方法は？　力を合わせれば戦えるかな。救世主が現れるかも。

正義感に満ち溢《あふ》れた当時の俺は、いつ「世界を救うのは君だ」と言われてもいいように、心の準備だけはバッチリだった。

でも、その予言の日から半年以上が経った今、あのとき自分が何をしていたかさえ思い出せない。

俺が守るべきものは地球ではなく嫁と息子で、人類から「救世主」と崇められるどころか、家族から「役立たず」と罵《ののし》られていた。

ただ、あのとき携帯があったら、目の前にいる四歳の息子の歩は、この世に生まれていなかったかもしれない。

だから、運命を呪《のろ》うことはしない。今、歩は、俺のすべてだ。

「パパ、ねえ。パパ！」

俺の足元でつたないドリブルをしている歩の声がまったく耳に入ってこない。

「パパ、パスしたよ。ほら、シュート決めてよ！」

「……ああ。うん」

足元のボールを足で止める。歩は俺の足に抱きつくと顔を上げてじっと俺の顔を見つめ満面の笑みを見せた。

「保育園で、みんなに自慢してるんだよ。僕のパパはサッカー選手だって」

「ああ。そうだ。……ええと、今日まで、そうだった」

「ん？」

歩は俺の目を覗き込んだまま不思議そうに首をかしげる。その無垢《むく》な視線に耐えられなくて思わず目をそらし、ごまかすようにポンと頭に手を置いた。

「ワールドカップで得点王になるって約束でしょ？」

何かを察したのか歩はやたらと無邪気にそう言い、甘えるように俺の手を引っ張った。

歩の言葉を聞いて、大切な人たちの顔がふいに浮かぶ。同時にあの光に透けたカーテンが瞼《まぶた》をよぎり、唐突に病室に漂う薬や消毒液の匂いまで蘇《よみがえ》る。

俺は彼女たちにも同じようにそう宣言し、こうして嘘をつくことになった。

あのときの気持ちに嘘はない。

今思えばバカみたいだけど、俺は本当にワールドカップで得点王になるつもりだったんだ。

「パパは歩が得点王になるところが見たいなあ」

そっと背中を押して促すと、歩は勢いよくドリブルをし始めた。


俺の夢はつい五分前に、チームからの電話で終わりを告げた。

試合終了のホイッスルは無情で、あっけないものだった。日本代表どころか、なんとか引っかかったJリーグのチームでもろくに活躍できないまま、高校を卒業してから十年以上の月日が過ぎていた。

サッカー選手になった以上、いつかこういう日が来ることは知っていた。そのときが近づいていることも、薄々感づいていた気もする。


――来シーズンの戦力に入っていません。

という無情な響きが、ずっと頭の中でリフレインしている。

何かの間違いではないかと携帯をポケットから取り出すと、やっぱりチームからの着信履歴は残っていた。

これから、俺はどうすれば良いのだろう。他のチームから声が掛かる……わけないか。活躍できなかったから、この結末を迎えたんだ。

もうすぐ三十歳という年齢で入団テストを受けるのも現実的ではない。とはいえ、コーチやスタッフで残るような実績も残せなかった。だからと言って、高卒でサッカー一筋だった自分に一体他に何ができるのだろう。家族を養わないといけないことはわかっているけれど、サッカーに未練がないわけではないのだ。

歩が「パパー！」と大きな声で呼びながら茂みに向かってシュートを繰り返している。俺はただぼんやりと、声の方に向かって手を振った。

そうだ……。とにかく奈美に伝えないと。

ただでさえ亀裂が入ったまま修復できずにいた夫婦関係は、おそらく崩壊するだろう。それはつまり、愛する息子とも引き裂かれるということなのか……。
混乱と恐怖で冷や汗が出る。
「なんとかなるって」
そんなわけないと思いながらも、そうつぶやいた。
大丈夫だって、どうにかなるって、そう自分に言い聞かせれば言い聞かせるほど、自分の無責任さとバカさ加減に吐き気が込み上げる。

桜、ごめん。

弥生、たすけてくれ。

あのときみたいに俺の頬を叩いて、しっかりしろと言ってくれる相手が、やっぱり俺には必要だよ。

衝動的に、携帯のアドレスリストから弥生の番号を探し始めていた。もう何年も連絡をしていないけれど、きっとあいつだったら俺のことを受け止めて、叱ってくれる。
それを聞いて、自分を奮い立たせるんだ。

手が震えて、うまく携帯が扱えない。
目が霞《かす》み、音も遮断され、自分が自分ではないようなふわふわとした奇妙な感覚。
もしこれが現実ではないのならその方が好都合だとさえ思った。

そのときだった。
視界の片隅で、歩が公園を飛び出していくのが見えた。

——え？

クラクションと急ブレーキのすさまじい音が耳をつんざくのと同時に、俺は道路に
向かって走り出していた。

「歩!!　危ない！！！」

　スローモーションのように、サッカーボールが道路の向こうに転がっていくのが見えた。クラクションに気づいて道路の真ん中で立ち尽くした歩のすぐ目の前に、大型トラックが迫っていた。


　気づいたときには俺は思い切り歩を突き飛ばしていた。体に鈍い衝撃があったが、それが痛みなのかなんなのかさえよくわからない。ただ、下半身が燃えるように熱く感じ、一方で寒気で体が硬直していくのがわかった。

　体全体にアスファルトの冷たさを感じながら、歩を探そうともがこうとするも体はピクリとも動かない。

　ぼんやりとした意識の中で、バカ野郎！　という怒号や、大丈夫ですか？　という叫び声が聞こえた。

　救急車の音に混ざるパパ、パパという泣き声に胸をなでおろしながら、俺は意識が薄れゆくのに任せた。

２００１年３月８日　Yayoi

春が間近に迫るこの時期は、北国で育ったわたしたちにとって待ちわびた季節だ。

でも、都会の女子高生にとってはそうとも限らないのだと、わたしは教員になって初めて知った。

東京では日に日に暖かくなり、桜の芽もほころび始める。柔らかな陽射し、花の匂い。分厚いコートを脱いで、明るい色の服を選びたくなる。

そんな時期にこそ、必ずこんな電話が掛かってくるのだ。


『先生、わたし、死にたい』

多感な年頃なのだ。

わたしに助けを求める悲痛な叫びを、無下にすることはできない。教師になりたてのころは、彼女たちの苦痛をすべて受け止めなければいけない、尊い命を守らないといけないという一心で、結局自分がボロボロになるほどだった。

　また、「死にたい」の真意が「死にたい」ということは数少なくて、「甘えたい」「わたしのこと好きでしょ？」「もっとかまってよ」「失恋したの」「進路が決まらない」「退屈」など、別の意味を持つこともわかってきた。

『先生、信じてないでしょ。本気なんだから。学校行くくらいなら死んだ方がまし』

　わたしが言葉を選んでいると、彼女は震える声でそう訴えてくる。少し話せばわかる。彼女の真意は「学校へ行きたくない」だ。


　わたしは高校時代に、桜と、そして太郎という、人生でもっとも大切な二人の友人と出会った。とても神聖で、でも生々しくて、きれいで醜くて、一生のうちにたった三年間しか過ごせない特別な場所だ。言葉にすると陳腐だけど、かけがえのない三年間。誰にとってもそうであれば良いという思いで、教師になった。

　でも、わかっている。当然、命を犠牲にしてまで通う場所ではない。「学校来なくて良いから死なないで」。教師とはいえ、それ以外の思いがあるだろうか。

でも、電話の向こうにいる彼女に向かってわたしはこう言う。

「死ぬなんて言わないの。学校で待ってるよ」

『なんでそんなこと言うの』

「だって、先生、あなたに会いたい」

『どうして?』

「決まってるでしょう。大好きだからよ」

電話口で、ふふっと、笑う声が聞こえた。

『は。先生、うざいんだけど』

そう悪態をつく声は弾んでいる。わたしは少しの間、世間話に付き合ってから電話を切った。数分前までの「死にたい」とは正反対のテンションでの「バイバイ、また明日ね」を聞いて胸をなでおろす。

「死にたい」の真意が「学校に行きたくない」で、求めていた答えは「来なくていいよ」ではなくて「おいで」だった。今回はこれが嚙み合ったから良かったけれど、もし一つでも間違ってしまったら取り返しがつかないことだってありえるのだ。

わたしは動揺を悟られないように話したけれど、緊張感で胃に穴が開く思いだった。

「弥生さん、大丈夫？」

しばし、呼吸を整えていたわたしにそっと声をかけるのは、わたしの生涯の伴侶《はんりょ》だ。

彼は遠慮がちにわたしの背中にそっと手を添えた。分厚くて大きな手。その温もりは身体中に広がりわたしを安心させる。

「お風呂」

「え？　なんですか？」

「温泉に入ってる気分になります。これだけで」

「温泉？　面白いこと言いますね」

「すごい、癒し効果ってことです。卓磨さんの手は」

戸惑う婚約者に向かってわたしは微笑んだ。ホッとしたようにつられて笑う卓磨を見て、わたしの心はさらにほぐれていく。

「シロクマ温泉でしたら、いつでも弥生さんにお伴しますよ！」

歯科医の白井卓磨ことシロクマ先生は、自分の手を誇らしげに見つめた。まるで歯医者とは思えない分厚い手のひら、短くて太い指。それに伴って体も大きく、シロクマというあだ名がぴったりだ。とても器用なようには見えないのに、さすが歯科医だけあって指先が器用で簡単な縫い物や料理もこなし、きれい好き。そのギャップがともかくかわいらしく患者さんたちにも大人気で、わたしにとっても自慢の婚約者だ。

「それにしても、学校の先生は大変ですね。休みの日でも生徒さんから電話が掛かってくるなんて。それも、深刻そうな……」

「同じ先生でも、患者さんは電話してこないですもんね」

「休みの日に歯が痛いって言われてもねえ……自分で抜きなさいとは言えないですし。……うーん。痛み止めを飲みなさいって言うかな」

卓磨が真剣な顔で悩み始めたので、思わず笑ってしまう。

「シロクマ先生は、どうしてそんなに悪化するまでほっといたんですか？　ってお説教しますか？」

「しないです。言っても遅いですし、つらい思いをすれば本人は今後気をつけるでしょう。痛い思いをして泣きついてくる人を自業自得だって責めるのは……なんていうか、かわいそうです」

「卓磨さんは優しいですね。わたしは、軽い気持ちで『死にたい』と言われるとカッとしてしまうのが本音なんです。一生懸命こらえているのですが……」

「怒っているようには見えなかったですよ。生徒の気持ちに寄り添って、立派な先生です」

「ありがとうございます。親友のこともあって、命を粗末にするような発言は、どうしても……」

　卓磨はわたしの言葉を静かに受け止めると、目の前の桜の墓の前で膝をつき、手を合わせた。

「桜さん、はじめまして。弥生さんの婚約者の、白井卓磨。略してシロクマです。見た目もご覧の通り……」

　卓磨は桜のお墓に向かって両手を広げると「見えてますかね？」と不安そうにつぶやいた。その姿がなんともおかしくて、桜の笑っている顔も目に浮かぶ気がした。

　でも、本当のところ桜はどう思っているのだろう。太郎は若くして出会って間もない女性とできちゃった結婚をして、わたしは三十歳を超えてから十歳も年上の男性と、こうして少々ぎこちない関係のまま結婚を決めた。

桜が望んでいた未来とはきっと違うだろう。


――そんなことないよ。わたしは弥生と、それにサンタが幸せだったらそれで良いの。大切な人と、もっとたくさん幸せになってね。


ふわっと風が吹き、墓前に供えられた花が揺れた。桜の声が聞こえた気がしたけれど、あるいはわたしが都合よくそう思い込もうとしているだけかもしれない。

卓磨は、大きな体を小さくかがめて手を合わせると再び目を閉じた。

こうして桜の命日の間近に二人で墓前に来れたことは、本当に良かったと思う。確執がある実家よりも、誰よりも早く桜に伝えたい気持ちが大きかった。

「桜、わたし、卓磨さんに幸せにしてもらうからね」

「もちろん！　でもそもそも僕が世界一幸せな男です！　だって、弥生さんと結婚できるんですよ。桜さん、どうぞ見守っていてください」

ああ、わたしこんなに愛されて、幸せだな……。

しみじみと感じて、胸の奥が温かくなる。

この歳になると、自分が追うよりも守られている安心感が、本当に必要だなって思うのだ。


——何言ってるんだよ。おまえらしくないな。


そんな声が聞こえてきそうで、一生懸命浮かんだ顔を頭から振り払おうとする。結婚の報告をしながら違う男の顔を思い浮かべるなんて、いくらなんでも最低だ。

「どなたかいらっしゃったみたいですね。ご家族ですかね」

卓磨は、花立ての横に花を置いた。花立てに生けられた花はみずみずしく、たしかに何日も経ってないように見える。

「お彼岸も近いですしね」

生けられたのは季節外れのひまわりだ。家族がお参りにひまわりを持ってくるかな……と少しの違和感と期待。

わたしはなんとなく、周りを見渡した。

いつだって結局わたしは、彼の姿を探している。

２００９年３月９日　Yayoi

子供を望まなかったかと言えば、嘘になる。

でも熱望し、医学を頼り、努力をしたのかと聞かれればそうとは言えない。三十歳を過ぎて結婚をしたわりにはのんびりし過ぎてしまったのは事実だ。こうしているうちに四十歳が目の前に迫り、もうタイムリミットも近づいているのだ。

仲良く暮らしていればいつかは授かるとのんきに過ごしていたし、教員の仕事が忙しいことを言い訳にもしていた。

卓磨は結婚当時すでに四十歳を過ぎていたし、子供を望んでいることもわかっていた。歯科医として子供たちからも大人気な彼の様子を見て、いつか親になる日を想像しては幸せに浸っていた。

ただ、心のどこかで、わたしは逃げていた。

子供を持つという責任から、そして、「もし違う人生があったとしたら」というまるで呪いのような希望から。

もし、自然に授かれば、きっとそんなものは全て忘れると、それも見越していたのだ。妊娠したとたんに、母性本能はバカバカしい悩みを吹き飛ばすだろう。赤ちゃんは家族に希望をもたらし、わたしは卓磨と手を取り合って、本当の家族になれることを知っていた。

何年経っても妊娠できない焦りの中で、本気で子供を望んでいるのかすらわからなくなっていた。

日に日に義父母からの風当たりも強くなり、プレッシャーにも追い詰められるようになった。そして、わたしを決して責めることのない卓磨に対して、申し訳なさでいっぱいだった。

わたしはようやく重い腰を上げ、不妊治療クリニックの門を叩いた。この年齢まで子作りに本腰を入れなかったこと。基礎体温もつけていなければ、風疹《ふうしん》抗体の検査もしていないこと。「本気で子供を望んでいるのか」と言わんばかりに何から何まで責められながら、ぼんやりと医師の話を聞いていた。

「本格的な検査はこれからですが、ご結婚されて八年、一度も陽性反応が出ていないという現状は明らかに不妊治療の対象です。一般的に原因の半分程度は男性側の問題ですので、ただちにご主人の検査も行います。また、年齢のこともありますので、すぐに体外受精、顕微授精にステップアップするというのを視野に……」

この年齢までお互い働きづめだったのだから、費用はどうにでもなる。ただ、スケジュールや体の負担を聞くと、仕事をしながら本格的な不妊治療ができるとは思えない。

それに……。

「実は、地方に住む親の介護がありまして、病院に通えるかどうかが……少し考えさせていただいた上でまたご相談させてください」

わたしは立ち上がると逃げるように診察室を出て、その足で実家のある故郷の町へ向かうことにした。

父親の容体が悪い。

もう、年齢も年齢だし回復の見込みもなく、地元の病院に入院している。母親とは何年も前にとっくに離婚し、絶縁している。妹たちは結婚し子供を持ち、父親の世話どころではない。

自然と、損な役回りはわたしの元へやってくる。

病室の父親は、すっかり痩《や》せ細り、酸素吸入や点滴に繋《つな》がれていた。そんな姿になってもわたしの顔を見るなり「親不孝もの」と、回らない呂律で精一杯の悪態をついていた。

人間は、こんなにも醜く老いることができるのだろうかと思うと、同情したくなる。周りにさんざん迷惑をかけ、嫌われ、こうして体が動かなくなってもなお、呪いの言葉しか出てこないのだ。

不幸な人だ。

心の中で侮蔑《ぶべつ》しても結局介護するのはわたしだけだ。父に掛ける言葉はなく、ため息が止まらない。

わたしは状況を伝えるために、卓磨に電話をした。

付きっきりの介護が必要だけれど、頼る人がいないこと。すべてを任せられる施設を探すしかないと。

卓磨は、わたしの話を黙って聞いていた。

しばらくしてスマホに届いた卓磨のメールは、意外なものだった。


『弥生さん。

家族の間で色々な問題があったと思うけど、僕は弥生さんのお父さんに感謝しています。

お父さんがいなければ弥生さんには出会えなかったので、当然のことです。

それに、このまま施設に預けたまま別れてしまえば、一生お父さんと弥生さんのわだかまりが解けることはないでしょう。それを背負ったまま生きていくことの方が、つらいと思いませんか？

お父さんの残された時間はあと少しです。

最後の時間を一緒に過ごすことで、次の一歩を踏み出すけじめをつけませんか？

少なくとも僕はそうしたいです。あなたと一緒にお父さんの側で過ごす。それが僕の希望です。

しばらく弥生さんが生まれ育った町で暮らすのも悪くない。

むしろ、さまざまな問題、たとえばうちの両親からのプレッシャーから解放されて、あなたは教壇に立ち、僕は町の歯医者さんになる。そしてお父さんを支えながら第二の人生を送るというのはどうでしょう。怖るるなかれ』

「卓磨さん……」

想いが言葉にならず、ただわたしはスマホを握りしめた。
そして、ロビーのゴミ箱に不妊治療の資料を捨てた。

この町で、父とのことに折り合いをつけて、卓磨とささやかに生きていく。
失うものだらけの選択のはずなのに、なぜかぼんやりとした希望の光が、わたしにはたしかに見えたのだ。

２０１１年３月10日　Taro

一人暮らしを始めて、どれくらい経ったただろう。

あの事故で、文字通り俺の人生は変わった。一命はとりとめたものの、家族との絆《きずな》が深まるどころか崩壊の一途を辿《たど》ることとなった。

大怪我をした足の手術のために長い入院とリハビリ生活を余儀なくされたが、妻だった奈美の支えは一切なかった。

それどころか「あなたのせいで歩の命が危険にさらされた」と責められ、しまいには「あのとき妊娠していなければ……」と、歩の存在そのものを否定するようなことを言われた。

そのとき、ああ、もうこいつとはやっていけないんだと、病室の天井を見つめながらぼんやりと思ったのだ。

ちょうど戦力外通告を受けたタイミングでの大怪我は、未練が断ち切れてよかったのかもしれない。

粉砕骨折に、靭帯《じんたい》断裂という俺の怪我は、サッカーどころかその後の人生に支障をきたすほどの重傷だった。医者にはトラックに跳ね飛ばされたのだから当然、命があるだけ良かったと思いなさいと言われたが、「こんなことになるなら、死んだ方が良かった」と思ったのは一度や二度ではない。

退院後もほとんど感覚のない足を常に引きずって歩くことになった。足をかばうために身体中のあちこちを痛め、そのせいで定職にも就けず、その日暮らしのまま今に至る。

地元を離れ、逃げるように仙台に来たものの、状況は変わらない。知り合いの経営するバーの手伝いや、日雇いのアルバイトくらいしか仕事はない。

歩の養育費を少しでも増やしたい一心で、なけなしの金を手にパチンコへ行く。ギャンブルなんて当然そんな甘いものではないので、負けを取り戻そうとドツボにはまる。ますます生活は困窮するばかりだ。

　最近はますます人目が怖く、昼間でもアパートの部屋でカーテンを閉め切ってぼんやりとゲームをしながら過ごしていた。

　発売されたばかりのニンテンドー3DSは、パチンコの景品で手に入れた。時間潰《つぶ》しにでもなればと、ふらっとゲームショップに立ち寄りソフトを選ぶ。手に取ったのは人気サッカーゲームだった。我ながら未練がましいと思いながらも、プレイしていてももはや惨めだと思うことすらなくなっていた。

　溜まっていくゲームのポイントと、タバコの吸い殻だけが、時間の経過を表していた。

　それが片付けられてしまうと、今が引きこもり何日目なのかさえわからなくなってしまう。

　俺は目の前の光景を見て、ただただ呆然《ぼうぜん》としていた。てきぱきと吸い殻はビニール袋に捨てられ、空き缶が集められていく。

「こんなものやって。……サッカーしたいならゲームじゃなくて体、動かしなさいよ」

と、ウイニングイレブンの空箱を手に取って、小さなため息を吐いている。

ジャッ！　という音とともにカーテンが開き、光が差し込んだ。俺は思わず「うわ！」と言いながら顔を覆った。

「何すんだよ！　いきなり人ん家《ち》に上がり込んで！」

弥生はベランダの窓を開け放つと、

「あー、いい天気！」

と言った。

俺の薄汚いアパートの部屋に、弥生がいる。

夢ではないのだ。部屋の鍵をかけた記憶もなかったけれど、いきなりドアが開いたと思ったら弥生が乗り込んできて、俺を布団から引きずり出すと小言を言いながら部屋を掃除し始めたのだ。

「何これ？　夢？　悪夢？」

いつの間にか幻覚を見るようになったのだろうか。死期が迫って、おかしなものが見えているのかもしれない。

　ここに弥生がいるなんて、ありえないことだ。

　だって、最後に会ったのは十五年前、俺の結婚式だ。俺は離婚したけど、弥生は医者か歯医者か、大金持ちと結婚して悠々自適な生活をしていると聞いていた。

　もう、まったく別の世界の人間だ。時折思い出しては、関わることも一生ないだろうと思っていた。いや、ここ最近は思い出すことすら苦しくて記憶の片隅に追いやっていたのだ。

「ほんと、最悪な部屋ね。埃《ほこり》っぽいし、タバコ臭い。だいたいスポーツマンのくせにタバコ吸うなんてどうかしてる」

「いや、もうスポーツマンじゃねーし」

　自然とそう言い返すと、弥生は勝気な目で睨《にら》み返してきた。高校時代と変わらない、その表情。それでもふいに見せる横顔を見て思うのだ。

　高校生の弥生が幽霊になって現れたわけではないと。ああ、なるほど。これは、現実だと実感させられる。

「弥生」

俺は威勢の良い声を聞いて思わず笑ってしまった。同時に懐かしさも押し寄せてきた。

「それはお互い様でしょ！　ったく、また殴られたいの!?」

弥生は一瞬驚いたような顔を見せると、顔を真っ赤にして目を吊り上げた。

「老けたな」

「何よ」

「で、何しに来たんだよ。いきなり部屋に乗り込んでくるなんてどうかしてるぞ」

「だって、携帯料金未払いで止められてるでしょ？　実はサンタのお母さんと地元の駅で偶然会ったの。そしたらあんたが引きこもって音信不通になってるって聞いて、びっくりしちゃった」

「生存確認しに来たってわけか」

「正解。昼間っからカーテン閉めっぱなしだし、この部屋にはお酒とタバコしかない。半分死んでるようなもんね」

「じゃあ、半分は生きてるってことだ。……もう用は済んだだろ」

突然の来訪者に驚きと嬉《うれ》しさが順に訪れたが、次に現れたのは自分の情けない姿をさらしている惨めさだ。

「金持ちのマダムが来るような場所じゃないだろ。さっさと帰れよ。母ちゃんには俺から連絡する」

こんな奇跡のようなことが起きているのに「帰れ」と突き放すことしかできないのが情けない。こんな姿になってしまった以上、一番会いたかったはずの人は、一番会いたくない人でもある。

「なによマダムって。バカにしてるつもり？　熱血教師って呼んでほしいんですけど」

「……熱血教師？　まだ先生やってるんだな」

「そうよ」

「いいな。夢だったもんな」

弥生は少し間をおくと、言葉を選びながら言った。

「どうして、怪我したって教えてくれなかったの？　今日おばちゃんに聞いて、びっくりした。トラックに轢《ひ》かれただなんて大事故じゃない。それで、サッカーダメになったなんて……残念だったね」

「ああ、まあ。しょうがないよ。これも運命だ」

俺はどうしようもない嘘《うそ》をついている。事故に遭ったのは、戦力外通告を受けた五分後だ。選手生命を終えてから車に轢かれたのだから、正直事故と引退は関係ない。それでも少しでも同情を買いたい一心で、俺は弥生の勘違いを正さなかった。

「で、もう用は済んだんだろ？」

もう、奇跡はこれでおしまいだ。嬉しかったよ。部屋を片付けて真面目に働こうという気に少しはなったし。

でも、これ以上惨めな自分と直面し続けるのはつら過ぎる。俺は弥生を帰そうと促した。

「一緒に行くわよ」

弥生の返事は意外なものだった。

「行くって、どこにだよ」

たじろぐ俺に向かって弥生はきっぱりと言った。

「いいから早く顔洗って、着替えて！」

弥生はそう言うと、布団の上でへたり込んでいる俺の元に迫って来る。その迫力に圧倒され追い立てられた俺は、弥生に従う以外の選択はないのだった。

Yayoi

自分のお節介さ加減に、嫌気がさす。でも、こうでもしないと自分の気が済まないのだ。……まあそれってつまり、やっぱり自分のためにやってるってことなのかな。でも昔々、高校生のときまで、本当にそれが相手のためだと思い込んでいた。暴走する正義感はいろんなものをなぎ倒し、時には誰かを傷つけてきたのだと思う。

太郎のお母さんに会ったのは、偶然ではない。太郎の実家である定食屋をわたしが訪ねた。

とっさに「おばちゃんとは駅で偶然会った」と嘘を伝えた理由は自分でもよくわからないけど、そっけないふりをしたかったのかもしれない。アパートに押しかけておいて、そっけないもなにもないけど。

結局子供を授からないまま、わたしは四十代を迎えた。

夫の卓磨は五十代。小さな田舎町での歯医者さんという立場がしっくり来たようで、マイペースに悠々自適にやっている。

彼は東京出身だし、ご両親も東京で健在だ。まさか嫁の実家である片田舎を終《つい》の住処にするとは思えなかったけれど、「シロクマに相応《ふさわ》しい安住の地」と北国の生活を楽しんでくれていた。

未だ続いている父親の介護と教員生活の両立は忙しく、またこの田舎で最新医療を受けることも難しかったため、結局不妊治療はしなかった。それどころか検査を受けず、もっと言うとその話題すら出さなかった。いつしか自然と二人で生きる人生を選んだのだ。

卓磨はことあるごとにこんなことを言った。

「僕は弥生さんと結婚できただけで世界一幸せ者です。だからそれ以上のことは望みません。弥生さんの笑顔が毎日見られるだけで、十分です。幸い僕たちの周りには小さな患者さんたちや、弥生さんの生徒さんたちがいます。自分の子供のように愛情を注ぐ相手がいます。むしろ、僕たちは子だくさんの夫婦ですね」

そう言っては大きな体を揺らして、豪快に笑うのだ。
卓磨はいつでも身を呈してわたしを守ってくれていた。
幸せなのだ。
絶対に、わたしは幸せなのに。

わたしは、太郎のお母さんと話した後、いてもたってもいられず仙台まで出向き、太郎のアパートを訪れていた。そしてショックを受けるとわかりきっていたのに部屋に乗り込んだ。
そこにいたのは自堕落な暮らしをする中年男で、誰にも見つからないように息を殺して生きていた。

これが、あの山田太郎？
無精《ぶしょう》髭《ひげ》に覆われた顔に覇気はなく、目は虚ろだ。
スタジアムの歓声を体いっぱいに受けて、ゴールに向かってシュートを放ったあの躍動感溢《あふ》れる後ろ姿、スタンドにわたしと桜を見つけたときの笑顔、わたしの記憶の中の太郎と、目の前にいる廃人のような男がどうしても結びつかない。

「生存確認しておばちゃんに伝える」というのは自分自身に対する言い訳で、わたしは太郎に会いたかったのだ。

幸せな暮らしをしているはずのわたしが、太郎に十五年の思いを募らせて会いに来てしまった。

これで、ふんぎりがついてよかった？　わたしが会いたかったのは高校時代の太郎なの？

一瞬の自問自答の答えは、太郎の落ちぶれた姿を見てすぐに出た。

わたし、この先の人生も、太郎が幸せじゃないと、自分の幸せを感じられない。

だから腕を引っ張って連れ出した。

ねえ、太郎。わたしのために、幸せになって。

Taro

俺は一体、何を見ているんだろう。

世にも不思議な光景が目の前に繰り広げられているのだ。

十五年ぶりに会った弥生と、離婚して離れ離れになった俺の中学生の息子が、サッカーボールをパスし合って、遊んでいる。

「ほら！　もう一回！」

弥生は厳しく指示を出し、歩は戸惑いながらもそれに従っている。そして、俺のことを横目で見て、困ったように少し笑った。

「ねえ、誰この人。父さんの友達？」

「え？　え？　あ、そうだよ、友達だ」

歩は声変わりしかけのかすれた声で、俺に向かって父さんと言った。

中学校の制服を着た歩は、弥生と身長もそう変わらない。あんなに小さかったのに、しばらく会わないうちにこんなに大きくなっていたのだ。

奈美と離婚したとき、歩との面会の取り決めはしていた。養育費を払い続けている期間は、定期的に会えるようにすること。金を払う代わりに会わせろというのはなんだか息子が人質のようで、正直気持ちが良いものではない。「あなたは歩に悪影響を及ぼす」と、はっきりと言われたこともある。

たしかにそうだよな。

定職につかずにフラフラしている父親なんて、反面教師にするくらいしか価値はないし、もし歩の記憶の中で俺の姿がかっこいいサッカー選手として止まっているのだったら、その方がいい。歩の父親像を壊したくなかった。というより、嫌われるのが怖かった。

だから、こうして歩に会うのは何年ぶりだろう。最後に会ったのは小学校四年生の運動会だ。……会ったとは言わないか。校庭の片隅で誰にもバレないようにこっそりと覗《のぞ》き見していたのだ。

リレーのアンカーを務めて、颯爽《さっそう》とランナーたちを抜き去る歩に、心の中で声援を送った。俺に似て運動神経がいいなと誇らしかった一方で、運動会に父親がいないという彼の状況があまりにも気の毒で、申し訳なさに胸が痛んだ。

母子家庭だからって教育を怠ったり、惨めな思いはさせないという奈美の思いは異常なほどだった。だから安心しているところもあったし、自分の存在は邪魔でしかないと自覚し、少しずつ距離をとったのだ。

まあ、平たく言えば会うのが怖かっただけだ。

でも、弥生に半ば引きずられるようにして歩が通う中学校を訪れ、強引に引き合わされた末、こうして父子で向き合っている。俺は、

「久しぶり。元気だったか」

と、もごもごと繰り返すことしかできなかったけれど、歩は想像以上に大人だった。少しだけ笑顔を見せて、何も言わずに頷《うなず》いた。

本当は怒りたいだろうし、逃げたいだろう。嫌味の一つも言いたいだろうし、殴りたいかもしれない。でもそれをしない歩の姿を見て、涙がこみ上げてくる。

父親がいないという境遇は彼を必要以上に立派にさせてしまったのだ。

「……ごめん」

「…………」

「ごめんな。歩」

涙が地面に落ちた瞬間、歩は俺の足元にパスを出した。俺はそれを自由のきかない右足で止めると、ゆっくりと蹴り返した。顔を上げることはできないけれど、歩が足で受け止めたことはわかる。いつの間にかボールが足元に戻ってくる。ボールに涙が落ちる。嗚咽《おえつ》が堪えきれない。震える足でまたボールを蹴り、それが戻ってくるのを待つ。もう逃げない。いつまでも俺は待つし、受け止めたボールを君に返す。

Yayoi

自己満足と言ってはそれまでだけど、不思議な達成感に満たされていた。

天国の桜は、きっとわたしがやったことを見て「弥生らしい」と笑ってくれているはずだ。

弥生のためにも、太郎には太郎らしく過ごしてほしかった。

きっと、今日をきっかけに自堕落な生活から這《は》い上がってくれるだろう。太郎は甘ったれなところはあるけれど、こんなところで腐って終わるような人ではない。

でも、やっぱりどうしてもこう思うのだ。

あのとき、気持ちを告げていれば、未来は変わっていたかもしれない。

考えても仕方ないことを消化するために押しかけてきたのに、その想いは逆に強くなっていた。

仙台駅まで見送りに来てくれた太郎は、

「あのときさ……」

と言った。

「え？」

「あのとき、ちゃんと弥生に気持ちを伝えればよかったんだよな」

太郎も当然同じことを思っている。でも、結局大切なところで嚙《か》み合わなかったからこの結果なんだ。

「あのときっていつよ」

「あのときは、あのときだよ」

「だから、いつ」

「あのとき」に思い当たるときが多過ぎて、思わず笑ってしまった。こうしているうちにすれ違ってしまったのだから、結局そういう縁ということだ。

終電が迫る人もまばらな駅のホームで、白い息を吐きながらわたしたちは昔のように戯れた。

この歳になれば寒いと言って寄り添うことも、手を繫ぐのも簡単だけど、そんなことをしたって、昔それを望んだ気持ちは消化しない。

どんなに望んでも叶《かな》えられなかった気持ちを、安易に手に入れようとするのは不誠実だとわたしは思う。わたしたちには初々しい距離感が一番ふさわしいのだ。

「弥生、幸せにやってるか?」

ホームに電車が入り、太郎の声はかき消される。

「なに?」

「なあ、弥生」

わたしは太郎の真剣な眼差しを受け止めるつもりはなかった。

「ちゃんと、歩くんにまめに連絡するのよ。また会う約束をしてくれたけど、難しい年頃なんだから。次会ったときもそうやってちゃんと目を見て、真剣に向き合ってね」

「ああ……」

「たまにはわたしにもメールして」

電車が止まり、ドアが開く。またこうしてひとつ、あのときは増えていく。

「じゃあね」

わたしたちは向き合わないことを選択してきた。

これまでも、この先もずっと。

わたしは電車に乗り込み、ホームに立ち尽くす太郎に向かって小さく手を振った。

ドアが閉まる、寸前。


思い切り腕を引っ張られ、わたしはホームに降りていた。

背後で、ドアが閉まる音が聞こえる。

気づいたときには、太郎に抱きしめられていた。

「え？　ちょっと……サンタ？」

「……ずっとこうしたかった」

身を委ねながら、最終電車が出発するのを気配で感じる。

わたしは元の場所には戻れないのだ。

ずっと、こうしたかったの知ってるよ。されたかったのも、知ってるでしょ？

ねえ、どうして今なの？


太郎、どうして。

Taro

無造作に脱ぎ捨てられた服が、視界の片隅に入る。カーテンの隙間《すきま》から差し込む月明かりが、弥生の白い肌をぼんやりと照らしていた。

壊したいと守りたいは、まったく同じ感情だ。

突き上げる痛みと、こみ上げる愛おしさの中で、そんな不思議なことを思った。

俺の腕の中で体をよじらせながら、

「サンタ、手が冷たいよ」

と、弥生は言った。

「ごめん」

とっさに謝ると、弥生は無防備な笑顔で俺の手を摑《つか》み、そっと唇に当てた。

弥生の薬指で結婚指輪が光ったが、見ないふりをした。

２０１１年３月11日　Yayoi

この日に起こるあのできごとを、わたしたちはまだ知るよしもない。
なにも知らずに、過去を必死に手繰り寄せようとしていた。
無我夢中で、バカみたいに。

カーテンの隙間から、青白く霞んだ空が見える。
さようなら。
慣れ親しんだ空も、これから春を迎える町も、もう二度と、今までと同じようには映らないだろう。

わたしは、あの瞬間を手に入れたくて、その代わり大切なものを失った。

体に残る鈍い感覚がまだどこか愛おしくて、そんな自分の愚かさに絶望した。

「帰るのか？」

わたしは何も答えない。もう贖罪《しょくざい》は始まっている。

「なあ、弥生」

慌ててコートを羽織り、バッグを手に取った。

布団から体を起こした太郎が、焦って立ち上がる。

「弥生もわかってるだろ？　俺とおまえは、こうなる運命だったんだよ。一緒にいよう。桜だってそれを望んでるよ」

「こんなときに桜の名前を出さないで!!」

汚れてしまった自分の体と犯した罪に、桜の名前はあまりにも不釣り合いで、思わず声を荒らげた。

背中に触れた手を振り払い、わたしは部屋を後にした。

桜、ごめん。

いや、謝るべき相手は、桜ではなく、夫だ。

「桜、ごめん」なんて、自分に酔いしれていただけ。穢《けが》れてるくせに、気持ち悪い。

こんなことに桜を使うなんて彼女に対する冒瀆《ぼうとく》だ。

ひとまず学校へ向かい、今日は早く帰ろう。「朝まで友達と飲んでいて連絡できなかった」という無理のある弁解を受け入れてくれた卓磨に、罪滅ぼしをするのだ。急いで学校を出て、スーパーマーケットに向かう。食材を買い込んで、手料理を振る舞う。何を買おう、何を作ろう。

わたしはうまく回らない頭で、何度もシミュレーションをした。

わたしが選んだのは太郎ではない、卓磨だ。

一生共に生きていく。その気持ちはより一層強くなった。

でもまさかこんなに早く、わたしに罰が下るなんて。

午後の授業中だった。

『あなたが転んでしまったことに関心はない、そこから立ち上がることに関心がある』

今のわたしにはおよそふさわしくない、リンカーンの言葉を伝えた、その瞬間。

14時46分。

突然ゴゴゴゴ……と、地鳴りのような音が響き、一瞬立ちくらみのような、ふわりと体が浮くような感覚に襲われた。

異常事態をクラス全員が察し、一斉にみんなが周りを見渡した。

そのとき、床がぐらりと傾き、うねるように教室が揺れ始めた。


なにこれ？……地震!?


立っているのもやっとの揺れの中、生徒たちは悲鳴をあげながら机の下に潜り込んだ。わたしは教卓が飛んでいかないように手で支え、「落ち着いて」と叫んでいた。

揺れは一向におさまらない。

冷静にいなくては、生徒を守らなくてはという一心で、わたしは体に力を込めた。

「大丈夫だから」と自分に言い聞かせるように繰り返す。

しかし、揺れは一向におさまらない。校舎が倒壊するかもしれないという恐怖に襲われ始める。

縦揺れかも横揺れかもわからない、荒波のような激しいうねりだった。

はっとして、窓の外を見る。

波……？　津波だ。

「逃げなさい！」

精一杯の声で生徒たちに伝えたこと。それが、最後の記憶だ。

三月十一日。

その日、
大地は怒り、海は嘆き、波は全てを飲み込んでいった。

わたしは罰を受け、沈みゆく光のない世界で永遠に目を閉じる。

２０１１年３月12日　Taro

この町にはもう二度と戻らないと、別れを告げたはずだった。

楽しかったことも、そうではないことも、あまりにも思い出が多過ぎて息苦しかったからだ。

でも、故郷ってそういうもんだろう。

こんな町は嫌いだと悪態をつきながら後にして、なんだかんだ理由をつけては立ち寄って、変わらない風景を懐かしみ、また変わりゆく町並みを見ては嘆く。

そんな甘えを許してくれるのが故郷だ。

でもその風景は一変してしまった。

全てが海に飲まれ、もう何もない。

家も学校も商店街も公園も木々も、町並みの全てが壊され、

「何人死んだんだ……？」

不謹慎にも思わずそうつぶやいていた。

何百人？　何千人の命が奪われたかもしれない。そこはまるで、戦後の焼け野原だった。

俺はスマホだけを握りしめて、着の身着のままなんとかここまでやってきた。

何度スマホの画面を見ても、着信はない。発信履歴には「弥生」「母」がずらりと並んでいた。

おそらくここは、俺の実家があった場所だ。もはやそれも推測でしかわからないほどに変わり果てていた。

家族の安否の確認すら取る方法がないのだ。歩や奈美は海からは離れた高台に住ん

でいるので、おそらく津波に飲まれたということはないだろう。たしかに昨日、歩は自分の住むあの町にいた。

両親は無事だと、ここに来る途中ですれ違った近所の人に声をかけられた。「火事場の馬鹿力」と笑いながら店の米袋を担いで避難所にやってきて、炊き出しをするとすでに奔走しているそうだ。

しかし弥生は……。

見渡した様子だと勤務していた中学校も、家も、おそらくすべて波に飲まれている。たった二日前に俺の腕の中にいた弥生が、今どこにいるのか……生きているのかすらわからないのだ。

俺は、どこまでも広がる瓦礫《がれき》の山をぼんやりと見つめながら、あのとき、無理にでも引き止めていればよかったのだと思う。

無理やり電車から引きずり下ろしたくせに、抱いた女を引き止めることができなかった。その覚悟のなさが俺の人生そのものなんだ。

でも、もし次会えたら……そんなことをぼそぼそと繰り返しつぶやきながら、俺はあてもなく瓦礫の町を歩き始めた。弥生を探すために。

２０１１年３月13日　Taro

電波は復旧せず、電気も届かない日々が続く中で、ようやく少しずつこの町に……この国に何が起きたのか理解し始める。

避難所は人でごった返し、パニック状態が続いている。掲示板に貼られた人探しの貼り紙が唯一の頼みの綱だ。

生まれ育った町に顔見知りは多く、知った顔を見るたびに「弥生は？」と尋ねて回ったがみんな一様に「わからない」と首を横に振った。

「太郎、弥生ちゃんのことなんだけど」

空元気を振りまいている母親が、急に深刻な様子で話しかけてきた。

「弥生がなんだって」

「聞いた話なんだけど、どうやら生徒さんたちを無事に高台に避難させた後、一人で旦那さんのいる自宅に戻ったらしいの。ほら、あのへんはもう、全部津波でやられちゃったでしょ。弥生ちゃんもそれっきり……」

母親は声を詰まらせた。その言葉を聞くだけで呼吸が止まりそうになる。

「なんだよ。弥生が死んだとでも言いたいのかよ」

「そういうわけじゃないけど……でも……早く見つかると良いんだけど」

「……死ぬわけねーじゃん。弥生が……」


桜、頼む。

弥生を守ってくれているだろう？

俺、もう何も望まないよ。

桜、こんなときばっかり都合良過ぎるよな。

でも、頼む。

弥生の命だけ、どうか。

２０１１年３月14日　Taro

弥生を探し始めて四日目。手がかりはない。

災害の状況が明らかになるにつれて事態の深刻さがわかる。どんどん増えていく行方不明者、死者の数。度重なる余震。避難所や病院もどんどん人が運び込まれ、混乱は深まるばかりだ。

弥生の名を呼びながら瓦礫の山を歩き回ることしかできず、もう俺の足も限界を超えていた。

もしかして弥生は怪我をして入院しているかもしれないと思い、病院を訪れた。病院自体も被災している上に怪我人でごった返し、まるで野戦病院の凄惨《せいさん》さだ。

看護師たちは走り回り、声をかけられる状況ではない。俺は苦しむ人たちのうめき声を聞きながら、病室を回った。

「白井弥生さんのこと、知りませんか!?」

俺は声を張り上げたが、ベッドに横たわる患者の顔には生気はなく、ゆっくりと首を横に振るだけだった。

そこに弥生がいる気配はなかった。

ここにはいないのかもしれない。これで諦《あきら》めようと最後に覗《のぞ》いた部屋で同じように声をかけると、意外な反応があった。

「弥生だと?」

「え?」

「誰だ、お前」

奥のベッドに横たわる老人が、濁った目で俺のことを睨《にら》みつけている。震災で怪我をしたというより、もう長年ここに入院しているのだろう。点滴につながれた状態で、ガリガリに痩《や》せ細った体を力なく横たえていた。

「弥生のこと、知ってるんですか?」

慌てて老人に近づくと、ベッドの柵についたネームプレートに目がいった。

結城冬樹

え？　結城……


「もしかして、弥生のお父さんですか？」

俺が問いかけるのと同時に、老人は醜悪に顔を歪《ゆが》め、うまく呂律が回らない口をもごもごと動かしながら、悪態をつき始めた。

「あいつのせいで、俺の人生はめちゃくちゃだ。あいつは死んだのか？」

「……死んだって……お父さんがなんてこと言うんですか。まだ見つかっていませんが、必ずどこかで生きています。だからこうして探しているんです」

「あいつは死んだ方がいい」

耳を疑う発言に一瞬思考が止まる。一歩遅れて言い返した。

「あんたそれでも親ですか!?」

「あいつに関わると、みんな不幸になるんだ。お前もそうだろう」

一体、この老人は何を言っているのだろう。弥生の家族が複雑なことは聞いていたが、娘の死を望むような発言をする人が、弥生の父親だなんて信じられない。

俺が絶句していると、老人は白濁した目を見開いて言った。

「俺の言うことを聞いて、あのとき素直に結婚していれば……」

全ての記憶が繋《つな》がり、俺は返す言葉を失った。

変わり果てた姿に面影はないけれど、この老人はたしかに弥生の父親で、あの事件を招いた張本人だ。

あれから二十年が経つ。俺が結婚するよりもずっと前のこと。

俺は弥生の結婚式に参列した。

１９９０年３月15日　Yayoi

家中に貼られた差し押さえの札。

鳴り響く電話のベル。

留守を装っているので雨戸を締め切り、電気をつけることもできない。外に声が漏れないように、息を殺し声を潜めて身を寄せ合っていた。

わたしは怯《おび》えて泣く小さな二人の妹を抱きしめた。

「お姉ちゃん。また、東京に戻っちゃうの？」

妹はわたしにしがみついた。

「怖いよ。行かないで。もう帰らないで」

わたしはこう答えるしかなかった。

「行かないよ。ずっと一緒にいるから、大丈夫」

わたしは高校卒業後、逃げるように東京の大学へ進学した。奨学金を借り、格安の女子学生寮に入った。仕送りはなく生活費は全額アルバイトでまかなったので、どんなに切り詰めても苦しい学生生活だった。

東京の女子大生の暮らしは華やかで、同級生たちのキャンパスライフはまるで遠い世界の物語のように見えた。

アルバイトを掛け持ちしながら教員を目指すのはとても簡単なことではなく、わたしは少し、疲れていた。それでも夢に向かうモチベーションが落ちたことはない。

ここで踏ん張れば、わたしは憧れの職業につける。夢にまで見た、教師になれる。

桜と約束したのだ。サリバン先生みたいな教師になるって。

ヘレン・ケラーが覚醒《かくせい》したように、たくさんの奇跡を起こすって。

でも、その夢も、ここまでなのだろうか。

必死で夜逃げの準備をしている両親を見て、絶望と情けなさで、へたり込みそうになる。今は二人の妹を守るという気持ちだけでなんとか精神を保っていた。

父親は声を潜めながらも、精一杯の悪意をわたしに向けた。

「お前が家族を見捨てて東京になんか行くから、妹たちにも寂しい思いをさせてるんだぞ。勝手に大学になんか行くから。女が変な夢見やがって」

わけがわからなかった。父親が闇雲に事業に手を出しては失敗し、その借金が嵩《かさ》んだ末のこの始末だ。どうしてわたしが責められなければいけないのだろう。

家族に金銭的な負担がないように一生懸命アルバイトをしているのに、「女のくせに大学へ行った」なんて時代錯誤な責められ方をする。

もう、ダメだ。この家も、父親も。それに従ったままの母親も。

わたしが黙り込んでいると、今度は急に父親は笑顔を浮かべながら近づいてきた。

「お前にはいい話があるんだよ。だからもう東京に戻らなくて大丈夫だ」

「え？　何言ってるの？　大学があるんだけど」

「大学なんかより、良い話だって言ってるんだよ」

父親がどこからか取り出したのは分厚いカバーに挟まれたお見合い写真だ。目の前に差し出された写真には四十代に見える中年の男性が写っていた。

「この人なんだけどな、お前の写真を見せたら気に入ってくれて、ぜひすぐにでも結婚したいって言ってくれてるんだよ」

「結婚!? ふざけないで。わたし大学生なんだけど」

「大学の同級生が銀行の常務で、その息子さんだ。ちょっと頼りなさそうに見えるけど、大金持ちだ。金持ちになりたいだろ?」

「もしかして、結婚と引き換えに借金肩代わりしてもらうってわけ?」

震える声でそう迫ると、父親は照れ笑いのような奇妙な表情を浮かべながら、

「お前に幸せになってほしいだけだ。それにしても察しがいいな」

とヘラヘラしながら告げた。

「冗談じゃない。わたしは今まで通り大学に行くから」

父親を振り払い、玄関へ向かう。

しかし、すがるような妹の声に足は止まった。

「お姉ちゃん……!」

母が背後で泣き崩れた。

「弥生、ごめんね。このまま借金返せなかったら、お母さんたち、家族みんなで死ぬしかないの」

私は足を止めた。

卑怯《ひきょう》だよ。そんなの。

ずるい。最低。

これでわたしが家族を捨てて東京に戻ったら、人殺しでしょ。そんな重荷を背負っていくことなんてできないし、ましてや罪を抱えたまま教師になんてなれるわけがない。

高校を卒業してたったの二年しか経っていないのに、あの頃のキラキラした日々が遠い昔みたいだ。

さよなら青春。

さよなら桜。

さよならサンタ。

１９９１年３月16日　Taro

高校を卒業して、たった三年で、同級生の結婚式に招待されるなんて想像もしていなかった。俺は駆け出しのサッカー選手で、ほとんどの元クラスメイトはまだ学生だ。結婚なんて遠い世界の話だと思っていた。

だって、俺たちの人生はまだ何ひとつ、始まってすらいないのだ。結婚って何かを成し遂げた後にするものだと思っていたから、想像すらつかない。

俺は、結婚式場を目の前にして、何度も何度も招待状を読み返した。

結城弥生

その文字を見て、何度も首を傾げた。瞬きしても、いったんポケットにしまってから見返してもその名前は変わらない。

俺は、弥生の結婚式に来ているのだ。

正直、あんな色気のないやつに彼氏なんてできっこないし、結婚なんて無縁だと思っていた。

そんな弥生を受け入れることができるのは俺だけだ。

だって、裏も表も知ってる親友なのだ。だからいつか、五年後とか十年後とか、月日が経ってから結ばれると本気で思っていたのだ。

だから、この状況は正直受け入れがたい。

おめでとうって言わなくてはいけないのはわかってるけど、心がついていかない。

せめて弥生が幸せだったら、受け入れようと思える。

俺の淡い恋とその先の展望は独りよがりの妄想だったのだと認めるだけだ。写真の中の桜に泣きつきながら一晩酒を飲んで、青春を供養すればいい。俺も男だ。それくらいはできる。

ただ、この結婚は訳ありだ。恋愛結婚でもましてやできちゃった結婚でもない。今どきお見合いで、しかもデートもろくにしたことがないと聞いた。そして相手はうだつの上がらないおっさんだ。金持ちらしいけど。

まさか、弥生は金に目が眩《くら》んだのか？

教師になる夢はどうしたんだよ。桜と約束してたじゃないか。

なあ、弥生。

いや、やっぱりダメだ。

ふと、そう思った。

何、大人ぶって受け入れようとしているんだ俺は。

止めよう。これ、多分間違った方向に進んでるから、止めた方が良い。

俺は、ためらいもなく控え室に向かった。

結婚式開始時刻の三分前、式場に向かうために控え室を出てきた弥生と遭遇する。

ウェディングドレス姿に圧倒されて一瞬言葉を失いかけたけど、必死で正気を取り戻した。

面食らったのは弥生も一緒だ。俺の顔を見ると、慌てて気まずそうに目をそらした。

「やめとけよ」

「え？」

「無理すんなって。俺がいるじゃん」

案内係の女の人もギョッとした顔で俺を見ている。

「何言ってるの。今さら。おめでとうって言いなさいよ」

「やだね。だって、好きでもない人と結婚するやつのこと祝福できない。大学もやめて、夢も諦めるんだろ」

「わたしだって……！」

「軽蔑《けいべつ》する」

案内係の人が、「お客様……」と言って俺を制する。同じタイミングで顔を真っ赤にした弥生は、殴りかからんばかりに睨みつけてきた。

その顔を見て、俺は思わず笑ってしまった。

「何笑ってんのよ!?」

「その顔、弥生らしい。最高だな。思い出すよ、バスで殴られた日のこと」

「わたしは、あの頃と違うの。理想ばっかりで生きていけないよ。あんたと違って」

「俺も、おまえとは違う。夢も諦めない。結婚も、本当に好きなやつとしかしない」

弥生は目を見開き、眉《まゆ》を吊り上げた。とても花嫁に似つかわしくない怒りに満ちた表情から、俺は本心を察したかった。

結局弥生は案内係に半ば強引に促され、式場の方へ向かっていく。その場を離れる後ろ姿に俺は声をかけた。

「今からでも遅くないから、俺が奪って逃げてやろうか?」

弥生は一瞬足を止めた。

弥生、思い出してくれたよな?

あの日、桜の病室の小さなテレビで三人観た映画「卒業」。

今となっては映画の内容より、画面を見つめる弥生のキラキラした瞳や、桜の鼻をすする音の方が記憶に残っているけど、あのラストシーンの感動は、さすがに忘れない。

弥生だって、それを望んでるんだろう?

あの日三人で観た映画は、今日この日にようやくエンドマークが表れるってことだ。

俺は妙に納得して、なんとなく心の準備を始めた。

そのためには、少々桜の手助けが必要だ。俺は「新婦の意向で式の演出に大切な変更がある」旨を伝えるために、受付まで走った。

そして用件を伝えると、俺は式場には入らずにそのときを待つ。扉にくっついて耳をそばだてた。

Yayoi

見上げてごらん夜の星を

小さな星の　小さな光が

ささやかな幸せをうたってる

新婦入場のときに、結婚行進曲の代わりに突然この曲が流れたのだ。

桜が大好きだった思い出の曲が急に会場内に鳴り響き、わたしは心臓が止まってしまうかと思うくらい驚いた。

慌てたスタッフの人がすぐに曲を止めるように言っても、再び流れ始める。

会場はざわつき始め、父は怒り出した。

わたしは、思わず笑ってこうつぶやいたのだ。

桜、ありがとう。

そして、

桜の気持ちを代弁してくれた太郎、ありがとう。

わたしは決意した。二人のおかげで急に目が醒《さ》めたのだ。

バージンロードの上でわたしはベールを剝《は》ぎ取ると、並んでいた父親を無視してさっさと歩き始めた。

ようやく結婚行進曲が流れ始めたけれど、そこにもう花嫁は存在しない。ここはバージンロードならぬビクトリーロードだ。ついでに鬱陶《うっとう》しいハイヒールも脱ぎ捨てた。

ざわめきは最高潮に達する。それも全て、わたしへの声援にしか聞こえなかった。

向かうはわたしを待ち構える見ず知らずのおじさん。……こと、わたしの夫になるはずだった人。

おじさんが悪いわけじゃないけれど、金の力でうら若き乙女が自分のものになるほど世の中そう甘くないの。

お互い反省して、今まで通り別の人生を歩んでいきましょう。

「ごめんなさい！　わたしやっぱり、結婚できません！　どちら様か結局あまり知りませんでしたが、ご迷惑おかけして申し訳ありません」

わたしは口をあんぐり開けたおじさんに頭を下げると踵《きびす》を返し早速ビクトリーロードを逆走し始めた。

背後から父親の怒号が聞こえる。

「恩を仇《あだ》で返すつもりか！　誰のおかげで大きくなったと思ってるんだ！」

うーん。無視しようと思ったけど流石《さすが》にこれは聞き捨てならない。

「あんたに育ててもらったつもりないから!!」

わたし、桜と約束したの。ずっと変わらないって。

だからもう迷いはなかった。

激昂《げっこう》した父親に突き飛ばされ、わたしはよろける。会場内は悲鳴とも感嘆ともつかない声に包まれる。

見世物じゃないんだから。

そこに、ヒーローのように現れたのが、太郎だった。

父親を取り押さえて「行け」とわたしに目配せする。

「ありがとう！　サンタ！」

わたしはドレスのまま走って、発車間際の式場の送迎バスを無理やり止めると、そのまま乗り込んだ。

走ってバスを追いかけるなんて、高校以来。今はなぜかウェディングドレスを着ているけど、わたしはわたし。中身は何も変わってない。

ありがとう、桜。

結婚式から逃げるなんて、一緒に観た「卒業」みたいだね。

……あれ？　誰か置いてきちゃった。

わたしが振り返ると、すごい形相でバスを追う太郎がいた。
わたしはその必死な姿を見て吹き出した。
もう、どれくらいぶりに笑ったかな。
太郎の顔を見るだけであのときみたいに笑顔になれるのだ。

窓の外に向かって、バイバイと、手を振った。
太郎は全力疾走しながらも、驚いて怒っている。
また、笑ってしまった。
ごめん。でも、ありがとう太郎。

わたしはもう立ち止まらないから、頑張って、追いついて。

２０１１年３月17日　Yayoi

わたしはようやく一息吐くと口ずさんだ。

見上げてごらん夜の星を……。

わたしは、冷たい床に跪《ひざまず》いたままその歌を口ずさんだ。音もなく、光もなく、すすり泣きの声しか響かないこの場所で、わたしの消え入るような声も静寂の中に吸い込まれていった。

目を閉じると蘇《よみがえ》る、二十一年前のあの日。

まるで映画のように鮮やかに、全てが目の前に迫り来る。

あんなにつらい日々だったのに、あの日の出来事だけが不思議とキラキラとみずみずしく輝いているのだ。

でも、どうしてこんなときに思い出すんだろう。

わたしは固く冷たい棺にそっと指を触れ、現実であることを確かめる。

何時間ここでこうしているだろう。

何日か経ったのかもしれない。

心と体がバラバラになったようで、さまざまな記憶がぐるぐると順に現れるのだ。壊れた思考回路がなんとか修復しようと、手当たり次第にデータを引き出しているような、そんな感覚だった。

死んだ夫の前で未遂に終わったものの昔の結婚式や、初恋の相手のことを思い出すなんてどうかしている。

しかも、夫の命日となる日に、伴侶を裏切り抱き合っていた相手だ。

……最低だ。

わたしは、狂ってしまったのだ。

いや、本当に狂うことができたら、どんなに楽だろう。

わたしはそれさえ許されず、贖罪《しょくざい》をし続けるのだ。命がある限り、永遠に。

「卓磨さん……」

汚れた自分が名前を呼ぶことすらはばかられた。棺に触れることができても、冷たくなった彼を抱きしめる権利はない。

「……弥生？」

また思い出の続きの中で、わたしを呼ぶ声がする。これもきっと現実ではない。

肩に指が触れても、認めない。もう、会わないと決めた相手だ。

「弥生、探したよ。……大変だったな。旦那さんのこと……」

「彼、瓦礫《がれき》の中で近所の子供を守るようにして倒れていたの。身体中泥まみれになって……。顔にこびりついた泥をいくら拭《ふ》いても取れなくて……」

隣にいる、太郎の面影とわたしは喋《しゃべ》る。

「サンタは生きてるの？」

「え？」

面影は、ためらいながら答えた。

「生きてるから、弥生を探してここまで来たんだ」

「東京にいたら、こんなことにならずに済んだ。全部わたしのせいよ。教師もやめる。人に教える資格なんてないもの。彼を裏切った日に、彼は死んだの」

「……そんなに自分を責めるなよ」

太郎の声は力無く、言葉はどんどん少なくなる。わたしは、

「もう会わない」

と、言い続けた。
そして、太郎の気配はいつの間にかなくなっていた。
いつものように、桜、ごめんとは言えなかった。
汚れた自分が、桜の名を穢《けが》すのが怖かった。
桜にはもうわたしのことを、嫌いになってほしい。
忘れてほしい。

１９９９年３月18日　Yayoi

「結城さんって、高校の先生なんですよね？」

「………？」

わたしは大口を開けたまま、ふごふごと返事をしながら頷《うなず》いた。

「あ。もう口閉じていいですよ。治療はおしまいです。おつかれさまでした」

歯医者の先生は、わたしの様子がそんなにおかしかったのか、急に肩を揺らして笑い始めた。

わたしは慌てて口をゆすぐと、

「何がそんなにおかしいんですか」

と抗議した。今度はその様子がおもしろいのか先生はまた笑う。明るく、大らかな人だ。体も大きくまるで大きなクマのぬいぐるみみたい。わたしが想像している歯医者さんというのはもっと神経質なイメージだったので、この雰囲気には救われる。

わたしは小さい子供のように、歯医者が苦手なのだ。

シロクマをかたどったネームプレートには「院長・白井卓磨」と記されている。子供が緊張しないように、マスクはかわいいてんとう虫の模様。口をゆすぐコップは電車の柄。壁には子供向けアニメの「おじゃる丸」のポスター。始まったばかりの人気アニメなんだと、生徒から聞いたことがある。

「先生のお子さんが好きなんですか?」

「え?」

「電車。コップかわいいですね。この新幹線、やまびこですよ」

「結城さん、電車に詳しいんですか?」

「わたし東北なんで、これだけは」

「ああ、そうなんですか。東北のどちら」

「仙台の方です。とはいえ、海側のど田舎です」

「へえ。良いところですね。いいな。羨《うらや》ましい」

「寒くて嫌になっちゃいますよ。こっちはもう春ですけど、この時期向こうはまだ真冬です。あ。でも魚はおいしいですよ。魚だけはどうあがいたって向こうに軍配が上がります。わたし、食いしん坊なんです」

「へえ、行ってみたいな。結城さんがそう言うと、本当に素敵なところなんだなって感じがしますよ」

「……で？　なんの話でしたっけ？」

「ああ。ええと、僕が先に質問をしたんですけど、先に結城さんの質問に答えますね。子供はいません。恥ずかしながら独身でして」

「あ。そうなんですか。恥ずかしがらないでください。わたしもですので」

先生は、ちょっと驚いたような顔をすると、慌てて少し笑った。

「で、先生の質問ってなんでしたっけ」

「結城さんって、学校の先生でしたよね？」

「ああ、そうだ。そうです。教師ですよ。国語の先生をやっています」

「学校ってストレスたまるんですか？」

「もちろん。え？　なんでですか？　わたし、ストレスにじみ出ています？」

「奥歯の嚙《か》み締めがすごくてですね……」

「生徒はかわいいんですけどね、だいたい嫌なことは職員室で起きるんです。そのたびに、このやろー!! グギギギってやってたかもしれないですね」

「ストレスためるのもほどほどにですよ。おいしいもの食べて、気分転換してください」

「それが良いですね。わたし、お腹いっぱい食べると、本当に元気になるので」

「よかったら、ごちそうさせていただけませんか?」

「え?」

「あ、迷惑でしたら、そんな……無理にはと」

「まさか、迷惑だなんて」

「僕も、誰かと一緒においしいもの食べるのが好きなんです」

先生は急に顔を赤らめると目をそらし、もじもじとし始めた。

わたしはしばらくその様子を見てぽかんとしていた。

そして、なんとなくその間を楽しみながら、シロクマのネームプレートをじっと見つめていた。

２０１１年３月19日　Yayoi

この震災による影響で、葬儀業者も斎場も全くと言って良いほど余裕がない。それどころかこの町の葬儀社だって立派な被災者なのだ。葬儀は簡素なものになってしまったが、ここまでやってくれて感謝の気持ちでいっぱいだった。

東京で葬儀をし、遺骨も引き取ると義父母が言い張ると思っていた。そう言われてしまったらわたしはどうすれば良いのだろうと何度も考えたけれど、思考回路は混乱したままでまったく答えは出なかった。

妻として卓磨の遺骨や墓を守りたいという思い。離れたくないという気持ち。でも、罪悪感はわたしの言葉をすべて奪っていった。

こちらで葬儀を行うと決まったものの、義父母はわたしに怒りと悲しみに満ちた視線を向けた。

「これまで通り東京で働いていれば震災に巻き込まれることなんてなかったのに。無理やりこんな田舎に連れてこられて命まで奪われて本当に浮かばれない。せめて跡取りがいたら、忘れ形見として育てられるのに……」

子供を産まない嫁は、この家にとってそもそも不要な存在だった。そして息子の命を奪い取ったという立場が加わることとなった。

わたしは葬儀の席で籍を抜く約束をさせられた。

異議を唱えることはできなかった。

読経を聞きながらフラッシュバックのように太郎との夜が蘇る。

罪の大きさは、わたしが抱え切れるようなものではなかった。

一生かかって、償っていくのだ。そしてあの世で再会したときに、まだ許されていないことを実感したい。

遺影の中の卓磨は笑っていた。

いつものあのおおらかな笑顔を、わたしは裏切った。

そして卓磨は死に、わたしは生き延びた。

体に残った生々しい感覚。
わたしは喪服に包まれた体の中で、ぼんやりと太郎の指や唇を思い出している。
所詮《しょせん》わたしはこういう女だ。

２０１４年３月20日　Yayoi

罪を償い続けて三年。

楽しいと感じることも、笑うこともずっと避けて過ごしている。

そんな風に幸せを感じる権利がないからだ。

おいしいと感じることも、かわいいとつぶやくことも避けていた。そんなことすら卓磨はもうできない。

わたしは東京の小さな街に住み、地味な服を着て静かに暮らし、ただひたすら人生が終わる日を待っていた。

街の小さな書店でアルバイトをしながら狭いアパートを借り、息を潜めて生きている。

桜のことは頭の片隅からも追いやり、朝晩卓磨の遺影に手を合わせ、腰や首に痛みを感じることで年齢を実感しながら、そしてまだ人生が折り返し地点だということに絶望しながら、ただ静かに、時間が過ぎるのを待っていた。

震災のことは徐々に忘れ去られ、東京ではすっかり日常を取り戻している。被災地の復興はまだまだと聞いているが、あの日以来わたしは故郷を避けて暮らしているので実情はわからなかった。

書店の勤務時間は朝九時半から十八時までと、十二時から二十一時までのシフト制だ。わたしは早番の勤務だが、なんとなく残業して結局閉店時間まで仕事をするのが習慣だった。

店主には感謝される一方「申し訳ない」とたびたび言われるが、家にいても気が滅入るだけだった。

「早くお店を出ても、閉館するまで図書館にいるだけですから」

震災で伴侶《はんりょ》をなくした四十代の女というのは、腫《は》れ物だ。

周囲がどう扱って良いのかわからず、微妙な距離感で接してくる。それに心地よさを感じるのがわたしの屈折だった。

今日、女子高生が『奇跡の人』を買っていった。

一瞬浮かんだあの病室の光景を、わたしは思い切り振り払った。わたしが思い出すことで、神聖な記憶を汚してしまう気すらするのだ。

記憶を消せたら、どれだけ楽だろう。

桜のことも、太郎のことも全部。でもそれが許されない以上、苦しみ続けるしかないのだ。それがわたしに一番ふさわしい晩年だ。

２０１５年３月21日　Taro

遠回りしたけれど、どんな形であれこうしてグラウンドに戻れたことに喜びを感じる。足の自由がきかない四十四歳。お腹周りもだいぶダブついてきたけれど、小学生相手ならなんとかなる。

「コーチ!!」

子供たちに呼ばれて俺はグラウンドの円陣に加わった。

「良いか。パスを出すときは、ちゃんと相手の顔を見るんだぞ。そうすれば向こうがどんなパスをほしがってるかわかるから」

目をそらさずに向き合うこと。

そのことをサッカー教室の子供たちに伝えるたびに弥生のまっすぐな瞳を思い出す。

震災をきっかけに弥生は暮らしていた故郷の町を再び離れた。

その後どこでどうしているのか、知る由もなかった。

風の噂《うわさ》で東京へ向かったと聞いたけれど、それ以上の情報はない。

あいつのことだから腐らずにはつらつと生きているだろう。

震災で負った心の傷も、ご主人の死も乗り越えて、その経験を糧に教師としてさらに活躍しているはずだ。

想像するだけでまぶしさに目が眩《くら》む。


いつか再会したときに「おまえのおかげで俺は変わったよ」と伝えられるように、少しでもかっこいい姿を見せたい。

サッカーもやってるし、歩ともうまくやっていると伝える日が待ち遠しい。

挫折が多い人生というのも、指導者としては悪くないだろう。そのためにコーチのライセンスも取ったのだ。

とはいえ、こんな中年太りの腹じゃ笑われるだろう。

ちょっとは体を絞らないと。俺は子供たちにまざってグラウンドを走り始めた。

2016年3月22日　Yayoi

冷たい雨が続いていた。

教師だった頃、思春期の生徒たちが精神的に不安定になり心配事が絶えない季節だった。

わたしはどこかで悩んでいる少女たちに、少し心を寄せる。

でも、もし向かい合ったとしても、あのときみたいに毅然《きぜん》とはしていられないだろう。

こんな落ちぶれたおばさんになったわたしの姿は、誰が見てもいたたまれないものだ。

それでも、手を握って「大丈夫よ」と言ってあげたい。

偉そうなことを言える立場ではないけれど、歳を重ね経験を積み、人の痛みに寄り添える人になりたいと、切実に思うのだ。

もし、それが許されるのならば。


今日、長年勤めていた書店が閉店した。

〈長らくのご愛顧、誠にありがとうございました〉


そう書かれたシャッターの貼り紙が雨に濡《ぬ》れている。

わたしはラミネートされたそれを、ハンカチで拭いた。


アパート方面に向かうバスが、わたしを待たずに出発する。

走れば間に合うけれど、もうわたしには急ぐ理由もないのだ。

もし今から走って、あのバスを追いかけて呼び止めて乗り込めば、そこには制服姿の桜がいて、後部座席には太郎がいて……。

窓の外は故郷の町で、わたしも制服を着ていて……

「おはよう弥生。どうしたの？　変な顔して」

そんな風に桜から話しかけられて、「ああ、なんだ。夢だったのか」って、高校生活が再開するのだ。

「桜、聞いてよ。変な夢見ちゃった。何年後かにすっごい大地震が来てね、町が津波に襲われるの。で、わたしの旦那さんって人が津波に飲まれて死んじゃうんだよね。そこから孤独に悲しく生きていくの。もう、夢だけどほんと最悪」

「変な夢だね。でも、弥生が結婚できてたって聞いて安心したよ」

「え？　それどういう意味？」

「どんな人だった？」

「えー。忘れちゃったよ。だって、死んじゃったんだよ」

「サンタだったりして」

「そんなわけないじゃん。だいたいあいつは津波くらいじゃ死なないよ」

「それはそうかも」

わたしは、ぽつんとバス停に立ち、冷たい雨にかじかむ手で傘を握りしめながら、うっかり桜を思い出してしまったことをただひたすら懺悔《ざんげ》した。

２０１７年３月23日　Yayoi

留守番電話を再生します。

「弥生。こんな施設に俺を押し込んで、どういうつもりなんだ。それが父親に対する態度か。お前に関わると全員不幸になるな。仲の良い友達は死んだり事故にあったそうじゃないか。あげくに旦那殺しとはお似合いだよ。さんざん偉そうにしていたくせに、お前は死神だ」

２０１８年３月24日 Yayoi

留守番電話を再生します。

「結城弥生さんのお電話で間違いないでしょうか。今朝、六時二十四分にお父様、結城冬樹さんがお亡くなりになられました。この度はお悔やみ申し上げます。つきましては退所などのお手続きがありますので、折り返しのご連絡をお待ちしております」

２０１８年３月25日　Yayoi

　父が亡くなったことを母と妹たちに伝え、このまま密葬にて荼毘《だび》にふすことを告げた。「わかりました。よろしくお願いします」という返事を確認し、わたし一人で全てを執り行うことを告げた。

　施設に迎えに来てくれた葬儀社とともに直接火葬場に向かい、お坊さんに簡単なお経だけ上げてもらう。何の感情も動かないまま棺桶《かんおけ》の扉は閉まり、火葬炉に入るのを見送る。

　いつしか父は骨壺に入れられ、わたしはその足で遺骨を永代供養の共同墓地に託しに行った。

　骨壺を抱いて乗ったタクシーの中で、

「お客さん、オリンピック見たでしょ。フィギュア。すごいね、彼は仙台の誇りだよ」

と、運転手の男性は、興奮気味に地元が生み出した英雄を褒め称えていた。

「震災で何もかも失ったこの町に射す、希望の光だ。ねえ、お客さんもそう思うでしょう」

わたしは、小さく相槌《あいづち》を打った。その通りだ。彼は希望の光で町を照らし、わたしはその光から逃げて、自ら闇の中にいる。

父の死は、闇の中で起き、闇の中で終わった。まだ、光が射す場所はここから遠いけど、一つの区切りであることには、間違いないだろう。

これで終わったのだ。すべて。

虚勢を張りながら生き、悪態をつきながら死んでいった。自分が思うがままに生きた結果がこの始末だ。憎んで止まなかった長女がたった一人で葬儀を執り行い、あっという間に遺骨は埋葬される。

わたしの手で最期を取り仕切ることは、まるで復讐《ふくしゅう》のようだ。

帰り際、わたしは桜の墓へ向かった。

「桜、驚いたでしょう。わたしもうすっかりおばさんよ」

シワと白髪にかさかさの手。わたしはすっかり中年だけれど、記憶の中の桜だけはいつまでもみずみずしい女子高生のままだ。

無垢《むく》なまま死んでいった桜が本気で羨《うらや》ましいほどだ。

また一方で、桜が生きていたら、わたしたちはどんなふうに一緒に歳を重ねていったのだろうと思う。

お互い結婚し、子供を持ってもずっと親友のままで家族ぐるみの付き合いをして、子供の手が離れたら二人でたくさん旅行をして……。きっと今ごろ当時のわたしたちくらいの子供がいるのだろう。田舎だから、五十歳間近で孫が生まれる人がいるほどだ。もしかしておばあちゃんになっていたりして。想像はただひたすら明るかった。

わたしは自分から逃げたそんな普通の家族像が今になってたまらなく愛おしい。

神聖で尊いことを、わたしは自分にはふさわしくないと、とことん避けてきたのだ。

父親というわたしの足かせの一つが取れたのだ。

生まれたときから縛り付けられていたから、少々途方に暮れている。

太郎に会いたい。

ふと、浮かんだ思いに、わたしは困惑した。卓磨の顔が浮かび、慌ててその思いをかき消した。

わたしが許される日はもう来ない。

２０２０年３月26日　Taro

「歩、良いか。人生はすべてタイミングだぞ」

いつでも俺と歩はサッカーボールのパスを交換しながら、たくさんの話をする。

一定のリズムと程よい距離感。相手の顔を見てもいいし、足元に視線を落としてもいい。

気持ちを込めて強く蹴《け》れば、それが想いとして伝わるだろう。

野球のキャッチボールでもいいけれど、キャッチボールは距離が離れていて大声で話さないといけないし、相手やボールから目をそらすこともできない。

だから俺はサッカーのパス交換を推奨する。少年チームの名監督としての提案だ。

歩が大学に受かったときも、教員免許を無事に取れたときも、こうして足元でボールを弄《もてあそ》びながら話した。

俺も、チームが優勝したときやコーチから監督に昇格したときは、こうやって報告したのだ。

弥生のおかげで、歩とは目をそらさずやってこれた。四十九歳と二十四歳。一緒に酒もくみかわせる大人の男同士だ。

奈美と和解することは永遠にないけれど、感謝している。

「父親のようになってほしくない」という一心で猛勉強させ、女手一つで大学までやったのだ。俺も陰ながら協力したつもりだが、母親には頭が上がらない。

歩は教師として働き始めて二年目。そろそろ新人として舞い上がっていた時期を過ぎ、周りが見えてくる頃だろう。

同時に社会の理不尽さや理想と現実のギャップを目の当たりにする時期でもある。

今日の歩のパスは、心なしか力無かった。

「タイミングって、父さんが言うと実感こもってるよ」

「まあな。お察しの通りだよ」

うつむきながらボールを蹴り返した歩が、急に視線を上げた。

「ねえ、あの人。……弥生さんだっけ。父さんのこと、中学校まで連れてきてくれた人。あの人、元気？」

歩の口から突然弥生の名前が出てきて面食らった。俺は少し悩んだが、正直に答えた。

「何年も連絡取ろうとしているんだけど、どこにいるかはさっぱり」

「え？　もう音信不通ってこと？」

「まあ、そうなるな」

「そうなんだ……」

歩は悲しそうに視線を落としてこう続けた。

「俺、あの人みたいになりたくて教師になったんだけどな」

「……え？」

そのとき、ポケットの中で着信音が鳴り始めた。

まさか今がそのタイミングなのかと驚き、俺は慌ててスマホを取り出した。表示を見て、落胆する。

「なんだよ。母ちゃんかよ」

電話の向こうは賑《にぎ》やかだ。震災直後から定食屋を再開し、まだまだ現役。もう八十歳近いのに、相変わらず手に負えないほど元気だ。

「今、歩と会ってるんだよ」

『あら、そうなの。あんたにお客さんが来てるのよ』

「え？ 俺に？」

妙な胸騒ぎに、俺は慌てて電話を切ると歩に手を振ってすぐにその場を離れた。

実家まで急いで車を走らせて、店に飛び込む。

「あれ？ もしかして……」

そこにいたのは、意外な人物だった。

身なりの整った老紳士が、小汚い定食屋の椅子に背筋を伸ばして座っている。

「太郎さん、お久しぶりです。当時は色々と、本当に桜がお世話になりました」

そこにいるのは桜のお父さんだった。こうして会うのは実に三十二年ぶりだけれど、卒業式でのあの印象的な毅然とした様子と、目元に残る桜の面影に変わりはなかった。

「お久しぶりです。お元気そうで」

「見ての通り、老いぼれです」

そう言うと、お父さんは少しだけ表情を緩め、厚みのある封筒を差し出した。

「実は、これをお渡ししたいと思って来ました。生前、桜に託されたものなんです」

「なんですか」

「本当は弥生さんにという願いだったのですが、いただいていた年賀状の住所に送ったら宛先不明で返送されてきまして。ご実家のご家族も手がかりもなくて、太郎さんの元をお訪ねしました」

「そうですか。あの、中身は」

「桜が病室で録音したテープなんです」

「え？」

慌てて封筒を開けると、そこには桜が愛用していたピンク色のウォークマンが入っていた。十六歳の誕生日に親からプレゼントしてもらったという、桜の宝物だった。

一気に当時の懐かしい記憶が押し寄せる。桜がそのウォークマンを握りしめて窓の外を見ていたあの風景が、急に目の前に迫ってきた。

壊してしまわないように、おそるおそる開閉ボタンに触れると、中にはカセットテープが入っていた。

「これは……」

お父さんは切なそうに視線を落とした。そして少し間を取ってから、穏やかな微笑みをうかべてこう言った。

「もし、二人が結婚したら……」

話の展開に気づきかけて、俺は思わず視線を落とした。

「もし太郎さんと弥生さんが結婚したら、式で流してくれって頼まれたんです。わたしと妻は、そのときになったら自分で直接お祝いを言いなさいと言って取り合わなかったんですがね。あの子はいつの日か自分の死期を悟って、自分は大人にはなれないという覚悟をしていましたから、それを受け止めるのが親として最後にしてやれることだと思ったんです」

うまく相槌を打つことさえできず、俺はただ桜のウォークマンを見つめていた。視線を少しでも動かしたら、涙がこぼれそうなのを懸命に抑えていた。

「なにせ三十年以上前のものですから、再生できるかどうか。受け取ってやってくれませんか。桜の唯一残したものなんです」

「私がそんなに大切なものを受け取って良いのか……桜さんの肉声テープということですよね。ご家族にとってこそ大切なものではありませんか」

「いやいや……。お恥ずかしい話、再生することができないんですよ。やっぱり、桜の声を聞くのはあまりにもつらくてね。私も家内も桜の側に行く日が近づいていますから、そうなったらあっちでさんざん喋ります。それよりもこの桜の生きた証をお届けしたくて。弥生さんの代わりに受け取っていただけませんか」

「そうですか……」

俺もお父さんもうちの両親も言葉に詰まり、悲しい沈黙が流れた。母親が、

「じゃあ、わたしがもらっちゃおうかしら」

と少しおどけて言ったので、みんなそれに便乗して少し笑うことにした。

俺は、頭を下げてウォークマンを手に取る。

ずっしりと重みを感じる。これは桜の生きた証であり、魂そのものだ。ここに、十七歳の桜がいる。そう思うと、触れているだけで手が震えた。

早く弥生に渡そう。それが、桜の願いだ。

その責任の重圧に、押しつぶされそうだった。思いを受け止め、覚悟を決めなくてはいけない。

２０２０年３月27日　Taro

とはいえ、闇雲に東京を探し回ったって見つかるわけがない。新幹線に飛び乗ったものの、途方に暮れていた。

以前年賀状に書かれていた住所は桜のお父さんから聞いていた。去年まで、弥生は間違いなくそこに住んでいたのだ。唯一の手がかりを頼りに、都心からそう離れていない西武線の駅に降り立った。

とはいえ、これ以上の情報はない。

以前住んでいたマンションの管理人というおばさんを捕まえて、引越し先を無理やり聞き出そうとした。

当然だが個人情報を教えてくれるはずもなく、というよりもおばさんが言う「知らない」の方が事実だろう。

ただ、俺の切羽詰まった様子から、小耳に挟んだという引越し先の最寄り駅だけ教えてくれた。

この街からそう離れていない、丸ノ内線沿線の街だと言う。東京にまったく土地勘のない俺にとっては大冒険だ。ともかく急いで電車に乗り込んだ。

２０２０年３月28日　Yayoi

わたしは新しい街でも息を潜めて生きていた。

……いや、生きているとはいえない。ただ、まだ死んでいないだけだ。笑うことも喜ぶことも許されない私は、いつしかその感情を忘れてしまった。

長く生きれば生きるほど、罰は長く続く。自ら死を選ぶことは断じて許されない。そこは桜や卓磨がいる神聖な場所だからだ。わたしなんかがおいそれと立ち入って良い場所ではない。

いつか朽ち果てるようにその日を迎えるまで、許されない罪に向き合いながら、静かに、ただ呼吸を繰り返す。

春の便りを聞きながらも、地味な色の服を着て、ただ静かに一日を過ごしていた。

五十間近ともなるとアルバイトを探すのも一苦労だ。今はクリーニング店で週三回アルバイトをしながら、ハローワークで求人情報を見る毎日だ。

卓磨が残してくれたものがあるので、健康でつましく暮らしていれば行政の世話になることはないだろう。ただ、父親のような寝たきりになったときに頼る相手はいない。蓄えがなければ、生きることもできなくなるのでなんとか仕事は続けたかった。

午後三時までのクリーニング店の勤務を終え、まっすぐ家に向かって商店街を歩く。

わたしはふと、古本屋のドアについていた貼り紙に目をやる。

短時間の店番の募集があれば、クリーニング店の仕事と掛け持ちできるかもしれないという期待からだった。

間違いなくそれは求人広告だったが、想像していたものとは違った。

個人学習塾　塾講師募集　小中高生対象　全教科　受験対策　推薦対策　成績向上など生徒一人一人と向き合って丁寧に指導できる講師を募集します。経験年齢不問

有資格者優遇

どきりとするも、わたしには関係ないと、慌てて目をそらした。

教職には未練はないつもりだ。でも、塾の講師だったら？　教壇に立ち正義を振りかざす勇気はないけれど、一対一で丁寧に言葉を伝えられるとしたら？　困っている子供に寄り添うことはできないだろうか。

体の奥底がぎゅっと熱くなる気がしてわたしは慌てた。

こんなことを考えてはいけないと、妄想を振り払い、気を取り直すように古本屋の中へ入った。

古本屋独特の饐《す》えたような匂いは、わたしを安心させる。狭い店内で、背表紙を眺めながら歩くだけで気持ちが落ち着いた。

また書店の求人を探そうと、自分に言い聞かせた。

そのとき、ふと目に飛び込んだのは『奇跡の人』だ。

いつもだったら逃げてしまうのに、なぜか今日は少しだけ受け入れようと思った。こうして桜の気配を感じることに、罪悪感が消える日はないけれど、流れる月日の中で少しそれが薄まってしまう瞬間もあった。

ふいに『奇跡の人』に手が伸びる。背表紙に手を触れようとしたその瞬間。

本棚の向こうから、誰かがその本を取った。

そしてその奇跡の隙間《すきま》から現れたのは、太郎だった。

一瞬時間が止まる。

嘘《うそ》でしょう？　どうして太郎がいるの？

「待って」

わたしが逃げ去ろうとしたのを察して、太郎が静かな声で言った。

「弥生、逃げないで」

「…………」

「これを渡したくて、東京まで探しに来たんだ。桜のお父さんが届けてくれた」

本棚を挟んで、小さな隙間から視線を交わしながら、わたしたちは不思議な再会を果たしていた。

その隙間から現れたのは、紛れもなく桜のウォークマンだった。

驚きと懐かしさで、息が止まりそうになった。

これは三十二年前からやってきた、桜の、一部だ。

懐かしい、ピンク色の固くてひんやりとして、すべすべとした質感の、桜の宝物。

「俺たちが結婚したら、式のときに流してほしいって託されたらしい」

胸が詰まり、言葉が出ない。

「俺は、聞いてない。だって、弥生と結婚してないし、聞けるわけない。ただ、桜はこのテープを弥生に渡したかったんだ。俺じゃなくて、弥生に。だから、受け取ってやってくれよ。聞いても聞かなくても、どっちでもいいから」

そして、太郎は『奇跡の人』の隙間にウォークマンを置いたまま、それ以上何も言わず、その場を去った。

わたしはしばらくその場から動くことができず、目を閉じて胸を押さえ、ただ、ただ桜を思った。今目の前に、この小さな鉄の塊の中に、桜がいるのだ。

そしてどこからともなく現れた太郎が、使者のように渡してくれた。

わたしはそっと、手を伸ばす。

受け取っていいの？　ねえ、桜。

わたしは、この小さな桜を連れて家に帰る勇気がなく、地下鉄の駅のホームでぼんやりとベンチに座っていた。

途方にくれていたのだ。

このホームの雑踏を、再会の場所に選んだ。

ヘッドフォンを耳に当て、再生ボタンを押す。


本日は晴天なり。

あーもう、声がかすれて出ない。

ったく、この病気は腹たつなあ。

あ、ママ、今のところはカットしてね。結婚式で流すとき。

えっと、じゃあ。本番いくね。


弥生、サンタ、お久しぶり。桜だよ。元気ですか？

これを聞いているってことは、二人は結婚してるんだよね。

おめでとうサンタ。よかったね弥生。

あー。なんか想像したら涙出てきちゃった。

あー。くそー。出たかったな。二人の結婚式。


桜だ。

桜の声。桜の仕草。あのかわいい笑顔が蘇る。


今、私の耳元に、桜がいる。

狂おしいほどの愛おしさがこみ上げてくる。

「ごめん」とつぶやいた。

太郎と結婚していなくてごめんね。

わたしはいったん再生ボタンを止めると、呼吸を整えた。

ごめんね、桜。まだ、向き合う覚悟ができない。

あなたに見つからないように、息を潜めて過ごしてきたのに、どうして探し出してしまうの。

涙が溢《あふ》れ出し、わたしは顔を覆った。ホームに電車が入る音が、わたしの慟哭《どうこく》を隠してくれると信じて。

２０２０年３月29日　Taro

俺も親バカだなよな。親バカっていうか、バカ親か。

わかってはいるけれど、かわいいさかりに手間をかけられなかった息子に対する思い入れは人一倍だ。

東京でなんとか弥生を見つけ出して、桜のウォークマンを託すと、とんぼ返りしてきた。本当はどこに住んでいるんだ、何しているんだと聞き出したかったけれど、そんなことをしたらまたあいつは心を閉ざしてしまうだろう。だから俺は何も言わずに去ったのだ。

なあ、弥生。桜も聞いてくれよ。

俺、大人になったよ。五十前のじじいがようやくだ。

疲れた体を引きずって、俺はバスに乗り込んでいた。歩が働く高校、つまり俺の母校に怒鳴り込むためだ。

乗り慣れた路線だ。バスは新しくなっているし、震災で昔の町並みも失われてしまったから、懐かしむ要素がないのが残念だ。

……少し寝るか、と背もたれに体を投げ出すのと同時に、バスが動き出した。

「待て――――!」

一瞬、眠りに落ちたのかもしれない。弥生の声が聞こえた気がした。出会ったあの日、バスを追いかけて止めたあの叫び声。

自分でも、センチンタルで嫌になる。俺は再び眠りに身を委ねようとした。

するとその瞬間急ブレーキがかかり、思わず前につんのめった。

「……なんだよ!」

おっさんらしく俺は悪態をついた。

急停車したバスに息を切らして乗り込んできたのは……、

「サンタ!　見かけたから追いかけた!」

弥生だった。

「歳なんだから無理すんなよ！」

びっくりした俺は、思わず昔のノリでそう言っていた。

弥生は眉《まゆ》を吊り上げてこっちに向かってくると、俺の前に立ちはだかった。

その鋭い目つき。勝気な口元。

あれ？　これ、俺ぶたれる？

唐突に記憶が重なった。

ただ、弥生は俺を殴ることはせず、笑って、俺の隣に座った。

「ぶたれると思った？」

「そんなことより、なにしてんだよ」

「聞いたよ、テープ。あんたも聞きなさいよ」

「そのために来たのかよ」

「そう。悪い？」

弥生の表情は明るく、口調は毅然としていた。そう。高校時代を一緒に過ごした弥生が、ここにいた。

「聞きなさいよ」

「ああ、落ち着いたら」

俺はウォークマンを見つめながら切り出した。

「……ちょっと今、大変でさ」

「どうしたのよ」

「実は歩が担任しているクラスで問題が起きて、あいつ、学校をやめさせられそうなんだ」

「え？　どういうこと？」

弥生は正義感満ち溢れる熱血教師の顔で、俺の顔をじっと覗《のぞ》き込んだ。話すべきではないことを、ついつい喋ってしまう。

「クラスの子が不登校になっていじめた子たちに謝らせようとしたら、親が逆ギレして猛抗議だ。うちの子はいじめなんかしてない、罪もない子を傷つけるなんて許せないって」

「そんな……」

「今は学校や教育委員会より親が強いから、学校も言いなりなんだよ。それで、今から保護者会があって歩が吊るし上げに遭うらしいんだ」

「で、サンタはどうするつもり？」

「乗り込もうかなって」

「保護者会に？　担任の親が？　そんなことしたら、歩くんに恥かかせるだけでしょ。いい歳して親が乗り込むなんて、いじめっ子の親と一緒ね」

「いや、ま……たしかに言われてみれば……でも、いてもたってもいられなくなってさ」

「わたしに任せて。サンタはおとなしくしてなさい」

　弥生は一体なにをするつもりなのか、想像するのも恐ろしい。ただこうなった以上、彼女を止めることはできないのだ。それが本来の弥生の姿で、俺は困惑しながらも嬉《うれ》しさをどうしても抑えきれなかった。

「よかったわ。歩くんが教えてるのがわたしたちの母校で」

「何を企んでいるんだか」

「曲がったことが許せないの。わたしには言える立場じゃないって思ってたけど、桜のおかげでまた自分らしさを取り戻したから」

　弥生は自分に言い聞かせるように頷《うなず》くと、膝の上で小さく拳を握りしめた。

久しぶりの母校はところどころに懐かしさを残しつつも、例の震災以来耐震補強を重ね、すっかり近代化していた。

生徒数もすっかり減り、大人しそうな子が多い。俺たちが通っていた当時はまだ田舎のヤンキーの生き残りがいるような環境だったから、ずいぶん平和そうに見える。だからこそ、不登校に追い込むようないじめが存在することに、恐ろしさを感じた。弥生、この時代に教師をやるって大変だっただろうな、とつくづく思う。

これからもっと複雑になりそうな時期に教師を目指そうとした歩の決意にも恐れ入るものがあった。

弥生と一緒に教室を覗くと、歩が生徒たちと後ろにずらりと並んだ親たちに向かって必死に弁明をしていた。

「僕は、いじめた人を悪者にしたいわけじゃありません。クラスの仲間が学校に来なくなったのにうやむやにして、また同じようなことが起きるのを避けたいだけなんです」

弥生はおもむろに扉を開けて教室に入り、どさくさにまぎれて保護者たちの横に並んだ。俺はドア越しにそっと見つめる。

「ただ、彼女が福島から転校してきたから放射能がうつるといじめるのは間違っています。彼女は被害者で何も悪くないんだから」

俺はうんざりとため息をついた。高校生にもなってまだこんなことを言い合っているのか。エイズがうつる……と桜がいじめられた三十年前と、結局何一つ状況は変わっていないのだ。むしろ親が口出ししてこなかった分、当時の方がましかもしれない。

この教室でも生徒たちは一様にだんまりを決め込み、誰一人一言も発しない。肯定も否定も拒絶し、教師から議論の機会を奪うのだ。

口火を切ったのは親たちだ。一人が口を開くと一斉に歩のことを責め始める。「うちの子はいじめなんかしていない」「どこに証拠があるんだ」「犯人探しこそいじめではないのか」と決まり文句で新任教師を威圧する。

「いじめはありました。それは僕たち人間がきっと弱いからです。見て見ぬ振りをするのも僕たちが弱いからです。だからこそ僕たちは強くならなくちゃいけないんじゃないでしょうか」

歩の悲痛な声は、

「先生、もうやめてください。ここは穏便に済ませるようにお願いしたでしょう」

という校長の理不尽な懇願と、

「今日は学級崩壊に導いた担任からの謝罪があると聞いてきたんですけど」

という無情な言葉に遮られた。

身を呈して被害者を救い、子供たちを正しい方向へ導こうとしている歩が謝罪を求められるなんて、いくらなんでも滅茶苦茶だ。自分と子供の保身のために、若い教師を悪意をもって傷つけようとしている。

俺はその悲惨な光景を目の当たりにして、思わず声を上げそうになった。歩は震える声で続けた。

「みんなには人を傷つけるより、人を幸せにできるような人間になってほしいんだ」

歩の声はどこからか始まった「やめろ」コールにかき消される。


やーめーろ、やーめーろ、やーめーろ……

手拍子と共に教室に広がる呪《のろ》いの言葉は、明らかに歩を追い詰めていた。

なんとかしなくてはいけないと、俺は声を絞り出そうとする。

……が、俺が動くより早く弥生が叫んでいた。

「静かにしなさい!!」

生徒たちが一斉に後ろを振り返る。見ず知らずのおばさんが急に叫んだのだ。驚きのあまり、やめろコールがピタリと止んだのと共に、視線が一気に弥生に集中した。

弥生はその視線を浴びながら、つかつかと教壇へ向かって歩いた。

「何これ? 魔女裁判か何か? 何千年も前から人間ってほんと変わんないのね。どうして人間って、いつまでも同じことを繰り返すの、まったく」

歩の横にいた校長は、目を白黒させながら弥生を制しようとした。

「ちょっと、何ですかあなた」

「先生、ご無沙汰《ぶさた》しています。結城弥生です」

俺はようやく気づいた。この校長、すっかり老けてしまっているがあのときの桜と弥生の担任だ。校長になっても相変わらず臭いものには蓋《ふた》というスタンスなのか。

「結城ってあの……」

校長が弥生のことを思い出すと同時に、弥生は勝気な眉をきっと吊り上げた。正義の演説をするときの、いきいきと輝いた懐かしいあの表情。

「先生、全然変わらないね、何でこんな良い教師やめさせるの？　その若者は、孤独や逆境を恐れずに、困難な道を行こうとしているのよ。それがどんなつらくて苦しいことか、いい年した大人ならわかるでしょ？」

「ぶ……部外者は出ていってください！」

「納得するまで、出ていかないから」

口をあんぐり開けていた歩は、いつの間にか顔を歪《ゆが》ませ、弥生の顔を見て安堵《あんど》の涙を流していた。

突然の部外者の乱入に、生徒と親たちは騒然とし、教室内はただならぬ雰囲気となった。校長は弥生の腕を摑《つか》み、騒ぎを聞きつけた他のクラスの教師たちが、弥生を連れ出すためにやってくる。

俺はただ、震えながらその光景を見ていた。飛び出したい気持ちを抑え、弥生の気持ちを尊重する。弥生が桜をかばってクラス全員に向かって啖呵《たんか》を切ったあの日が重なって見える。なんて尊く、美しい主張なのだろう。

弥生は体を取り押さえられながら叫んだ。

「どうしてみんなも、先生を見習おうとしないの？　こういう大人になろうと思わないの？　あの先生は、あんたたちを見捨てないよ。絶対に守ってくれるよ」

歩は肩を揺らし、人目をはばからず泣いた。

俺も、同じだった。

「ねえ。あんたも、教師やめちゃダメだよ。わたしみたいになっちゃダメ。あんたのことわかってくれる生徒は必ずいるから、応援してくれる人もいるから！」

弥生はもみくちゃになりながら、教室から連れ出された。

歩は泣き、そして俺も泣き、生徒たちはぽかんとし、親たちは騒然。

弥生が作り上げた壮絶な光景に、泣きながら笑った。

弥生は、最高の女だ。

俺の目に狂いはなかったよ。

２０２０年３月30日　Yayoi

こうして三人で過ごすのは、あの病院での日々以来。

一生を共に過ごす親友同士だったはずなのに、結局ボタンを掛け違えたまま、残酷に月日は過ぎていった。

一つ目のボタンの掛け違いは、桜の恋を応援していたわたしが、太郎のことを好きになってしまったことだ。

青春時代によくあることだと言ってしまえばそれまでだけど、桜は不治の病だった。横恋慕する自分が醜く、次第に自分を嫌いになっていった。

二つ目の掛け違いは、桜を見送ったあと、それでもいつかわたしと太郎は結ばれると思い込んでいたこと。

運命は自分の手で手繰り寄せないといけないのだと今になって気づく。

わたしは家の事情で若くしてお見合いをすることになり、太郎は恋人を予期せず妊娠させてしまう。

それが起きる前にたった一度、想いを告げ合えば、違う世界で物語は進んでいたのだ。きっとそちらの世界では、桜が録音したテープは日の目を浴びていたのだろう。

わたしたちが選んだ道は、険しいものだった。太郎は事故で夢と家族を失い、わたしは震災で伴侶を失った。

今から手繰り寄せることはできるだろうか。

わたしと太郎は桜の墓前に膝をついて、話し込んだ。

「なあ、桜。昨日弥生は警察に連れてかれてたっぷりしぼられたんだぜ。最高だよな」

「あのねえ、笑いごとじゃないんですけど。まさかわたしの人生でこんな日が来るなんて思いもしなかったわよ」

わたしがため息をつくと、太郎は再び笑った。しばらく二人で笑うと、抑えたトーンで言った。

「感謝してるよ。歩、教師やめないって。何があっても続けるって」

「よかった。逮捕されたかいがあったわ」

わたしが冗談ともつかないことをうんざりしながら言うと、太郎はニヤニヤしながらこっちを見ている。

「何よ」

「いや、やっと本当の弥生に戻ったと思ってさ」

「え？」

「高校のとき、桜にキスしてクラスの奴らをギャフンと言わせたおまえに」

思い出さないように、心の奥に隠していたエピソードだ。そのときのことを思うと、桜への愛おしさと、沸き立つような正義感と、あのとき感じた悔しさと、さまざまな痛みが交錯して、体の奥から蘇るのだ。

テープに残された桜の声を聞いて、わたしは正気を取り戻した。

長過ぎる時間を経て、ようやく視界が晴れた。

「俺、あの日のこと一生忘れない」

「…………」

「あのとき、弥生のこと好きになったんだ。つまり、出会った日。おまえに、殴られた日だよ」

ずっと片思いしてたのは、お互い一緒。
桜はとっくに祝福してくれていたのに、何から逃げていたんだろう。
だからわたしはわたしを許す。
すっかりおじさんとおばさんになったけど、いつか桜に再会するときは、二人で手を取り合って向かいたい。

やっと会えたね。

ただ、その言葉を聞きたくて。
話したいこと、たくさんあるの。でも全部、見てたかな？　あのとき、どう思った？

ねえ、桜。

１９７０年３月31日　Sakura

「一歳の健診でお越しの、渡辺桜ちゃん」

「はーい」

「お母様、すみません。本日小児科が混雑していまして、まだしばらくお待ちいただきそうなんです」

「大丈夫ですよ。桜、良い子にしていますし」

「いえいえ、待合室もテレビのところに人が集まっていて、ごめんなさい。寛げないですよね。テレビ、全部のチャンネルが緊急ニュースになっていて」

「ああ、過激派のハイジャックがあったって……」

「とても日本のこととは思えないですよね。まあ、ここは相変わらずいたって平和で何よりですが。とにかく、まだ時間がかかりそうなので、すみません」

「わかりました。一年ぶりなので、新生児室の助産婦さんたちにご挨拶《あいさつ》に行ってきて良いですか？」

「どうぞどうぞ。桜ちゃんの成長、見せてあげてください。あ、今日生まれた赤ちゃんたちもいますよ。桜ちゃんは四月二日生まれだから、ギリギリ同学年ですね」

宮城県立聖愛病院産婦人科　新生児室

本日お誕生日

山田太郎くん

結城弥生ちゃん

「桜、見える？　小さいね。かわいいね。

この赤ちゃんたち、今日生まれたんだって。桜はもう上手に歩けるのに、こんなに小さな赤ちゃんたちと同級生って、不思議だね。

生まれるのが一日早ければ、桜は一つ上の学年だったのよ。

桜は学年で一番のお姉さんだから、しっかりしなきゃね。

じゃあ桜、行こうか。赤ちゃんたちにバイバイして」

エピローグ　Sakura

あーダメだ。ごめん、めそめそして。

でもね、わたしはずっと前から知ってたよ。二人が両思いだって。

わたしに遠慮して、自分の気持ちを言えないのも。

そういう意味では責任感じてるけど、まあ、こうやって結ばれたんだから許しておくれ。

サンタ、わたしはあなたの笑顔を見るだけで病気のつらさが吹っ飛んだ。

大好きなサッカーでミラクルゴールを決めて、みんなに喜んでもらってるのを見たら、人生で最初で最後に好きになった人があなたで本当によかった。

弥生、あなたがクラスのみんなの前でわたしをかばってくれたとき、こんな汚れがない人がこの世に存在するなんて信じられなかった。

『待って！』って大きな声でバスを追いかけるあなたを見ながら、いつも心の中で叫んでた。

あれがわたしの親友です。

弥生と親友になれたのが、わたしの誇りですって。


二人とも、今いくつなの？

サンタ、プロのサッカー選手になる夢は叶った？

弥生は教師になったよね？

大学に行ってからどんな人たちと知り合ったの？

他にも恋はした？

友達はたくさんできた？

弥生、大人になったあなたの顔にはもうシワがあるの？

まさか白髪はないよね？

うちのママはいつも腰が痛い、肩が凝るとか言ってるけど、あんな感じになってるの？

でもね、それはわたしみたいな人間からしたら、ぜいたくな悩みだよ。年をとるって、とっても羨ましいことなんだからね。

あー。わたしも、しわくちゃなおばあちゃんになりたかったよ。

二人とも別れたくなかったよ。

ごめんね。また泣いちゃった。

サンタ、弥生のことよろしくね。

弥生、自分を通そうとするあなたのことだから、これからもつらいことがいっぱいあると思うけど、忘れないでね、あなたにはサンタがいるってこと。

渡辺桜は、あなたたちと出逢えて幸せでした。

本当にありがとう。

そして、結婚おめでとう、よかったね。

四月一日　桜

この作品は映画『弥生、三月』（脚本　遊川和彦）の小説版として書下されました。
なお本作品はフィクションであり実在の個人・団体などとは一切関係がありません。

JASRAC　出　2000629-001

徳間文庫

弥生《やよい》、三月《さんがつ》

2020年2月15日 初刷

脚本 遊《ゆ》川《かわ》和《かず》彦《ひこ》
著者 南《な》々《な》井《い》梢《こずえ》
発行者 平野健一
発行所 東京都品川区上大崎三−一−一
目黒セントラルスクエア 〒141−8202
株式会社徳間書店
電話 編集〇三(五四〇三)四三四九
販売〇四九(二九三)五五二一
振替 〇〇一四〇−〇−四四三九二
印刷
製本 大日本印刷株式会社

ISBN978-4-19-894536-7 (乱丁、落丁本はお取りかえいたします)

徳間文庫の好評既刊

初恋

著者／大倉崇裕　原案・脚本／中村　雅

プロボクサー・葛城《かつらぎ》レオは、余命いくばくもないという診断を受け、歌舞伎町《かぶきちょう》を彷徨《さまよ》っていた。そんなとき「助けて」と、レオの前を少女が駆け抜ける。レオは咄嗟《とっさ》に反応し、少女を追っていた男をＫＯしたことから事態は急転。ヤクザ・チャイニーズマフィア・警察組織が入り乱れ欲望渦巻く“ブツ”を巡る抗争に巻き込まれ、人生で最高に濃密な一夜が幕をあける。